老境

京極夏彦

文庫版

オジいサン

京極夏彦

角川文庫
21946

◉目次

文庫版

オジいサン

七十二年六箇月と1日

午前5時47分〜6時35分

オジいサン——。

と、呼ばれた。

五月某日の早朝、寝床の中でのことである。

いや、実際に音として耳に聞こえた訳ではない。思い出しただけなのである。夢を見ていたのかもしれない。いや、そう呼ばれたこと自体が夢であったということではなくて、そう呼ばれた記憶が睡眠中に夢として再生されていたのかもしれぬ、という意味である。

暑くも寒くもない。

室内も、明るいようなまだ暗いようなという案配である。まあ、夜は終わっているのだろうが、起きるにはまだ早いのだ。きっと六時前である。いいや、この頃はめき陽《ひ》が長くなっているから、もっと早いのかもしれない。

早く目覚めるとうんざりする。

どうにも長い。いや、一日はあっという間に終わる。一週間も一箇月も一年も、すぐに過ぎてしまう。それなのに、一時間が、一分が長い。呆《あき》れる程に長く思える。妙なものである。

起床前の寝床の中は特に長い。

ならばさっさと床を出れば良さそうなものなのだが、それが儘《まま》ならないところがもどかしいのである。億劫《おっくう》なのだ。つまり、頭の神経の方は覚醒していても身体《からだ》の方が駄目だ、ということなのだろう。

——お爺さんだからか。

もう若くないことは間違いない。

いいや、若くないどころではない。自分は既《すで》にいいだけ老人である。そんなことは疾《と》うの昔に解《わか》っている。自覚だって十二分にある。七十を過ぎて猶《なお》、己《おのれ》は老人なんかではないなどと言い張る程に、自分は厚顔無恥ではないし、自信過剰でもないと思う。

思えば、己はたぶん五十を越した辺りで若振ることを諦めているのだ。若振るどころか寧《むし》ろ老成することを望んだのではなかったか。いや、自分は確実にそう振る舞って来た。ちゃんと年寄りっぽく見えるように努力して来たのである。

その方が得だとか、楽だとかいうことではない。

世間と擦《す》れる、その擦れ具合が己の衰えを告げた。それを素直に受け入れた——。そんな感じだ。

電車で若い者に席を譲られたりすると、自分はそんな齢《とし》じゃないと言って怒る者がいると聞く。とんでもない話だと思う。実際の年齢はどうであろうと、そう見えたのであれば、見えたなりに振る舞うべきだろう。折角《せっかく》の親切を無にするようなことをしてはいけない。相手にも失礼だし、己の容貌に対しても失礼である。老けた外見には老けたなりの責任が伴うだろう。

そこで、益子《ましこ》徳一《とくいち》は、そう思う。

益子徳一は寝返りを打った。

——それにしたって。

お爺さんなのかと思う。

まあ男性の老人は押し並《な》べてお爺さんなのだろう。

そう考えれば自分は、正真正銘、紛《まご》う方《かた》なきお爺さんだろう。お爺さんであることは疑いようがない。見た目も中身も実年齢も何もかも、もう一致団結してお爺さんなのである。だから、そう呼ばれたところでどうこう言うことはなかろう。

でも。

——あの発音は。

お爺さんじゃない。あれは、どう聴いたって。

——片仮名《かたかな》表記だったよな。

徳一はそう思っているのである。

何だってそんな風に思ったものか、実は徳一にも能《よ》く判《わか》らない。判らないのだけれど、少なくとも漢字ではないと思った。何故か漢字の字面《じづら》はまったく浮かばなかったのだ。仮名《かな》である。それも、やっぱり片仮名だろう。しかも——い、の部分に妙なアクセントが付けられているのである。

——そこは平仮名なのか。

文字に記せばオジいサン、である。

オジいサン——。

変な綴《つづ》りだ。その辺りが、どうにも徳一には納得の行かないところなのだった。

枕が目につく。枕カバーなどというこじゃれたものを使う習慣はない。

徳一はもう、何十年も蕎麦殻《そばがら》の枕に手拭《てぬぐ》いを掛けて使っている。それが、黄ばんでいるように見えた。

光線の加減かもしれなかった。

汚れているのだろうか。整髪料などは付けない習慣だが、それだって脂《あぶら》は染み出るのだろう。いくら脂気の抜けた爺ィであっても、そういうものは出るだろう。

いいや、老人の方が余計に分泌するのかもしれないと、徳一は思ったりする。

もう一度観る。

やはり黄ばんでいる気がする。

そもそもこの手拭いはいつ替えたのだったか。昨日は替えていないだろう。ならば一昨日《おととい》か。いやいや、一昨日も替えていないのじゃないか。洗濯してから、既に数日は経過している筈《はず》だ。しかし枕カバーというものはそんなにすぐに黄ばむものなのだろうか。たった三日やそこいらでこんなになるものなのか。今までは、何日置きに替えていただろう。三日、いや一週間は替えないか。不潔だ。

一応綺麗好きな方だとは思っているのだが、それでも毎日取り換えたりはしない。そこまで几帳面ではないのだ。いや、そうではないだろう。徳一は、几帳面は几帳面なのだ。決してズボラではない。若い頃から神経質な方だ。でも。

億劫なのだ。

——この辺が年寄りなのか。

そんなことを思う。

本来は我慢できないような事柄であっても、億劫だなと思った途端に何となくやり過ごせてしまうケースが、最近多くなっているような気がする。億劫が勝つのだ。

——汚いなあ。

突如《とつじょ》、自分がとても薄汚いものであるかのような想いに駆られる。

こんな黄ばんだ手拭いに頭を付けて寝ていたのか。

少し俯《うつぶ》せ気味になって匂いを嗅いでみた。

世間には加齢臭なるものがあり、それは大層に不快なものであるという。七十を越しているのだからそうした臭いは当然漂い出ているのだろう。自覚がないというだけで、町の人々に不快な思いをさせているのかもしれない。それならまあ、

――オジいサンでも仕方がない。

そんな風に思ったのだ。

何度吸い込んでも能《よ》く判らなかった。まあ、自分の匂いがするだけである。これが加齢臭だというのなら、もうどうしようもない。自分は加齢臭の塊《かたまり》である。

もう一度、今度は鼻を押しつけるようにして嗅いだ。

結局、咽《む》せた。

徳一は咳き込み、そのまま蹲《うずくま》るような姿勢で暫《しばら》くごほごほと上体を揺らし続けた。

気がつけば手を突いて誰かに謝るような恰好になっている。

図らずも、これで心身共に完全に覚醒してしまったということになるだろう。ここ暫くの目覚めの中では最低の目覚めといえるだろう。

こうなってしまうと、もう眠れないだろう。

眠れないだろうけれども、それでも起き上がって活動するのは何故か嫌だった。

これは——年寄りだからではない。

こればかりは億劫とは少し違うと思う。徳一は若い頃からこうだったのだ。

朝、覚醒後直《ただ》ちに寝床から抜け出したくないという性向は、昨日今日に始まったものではないのである。

何をするにせよ、徳一はどうにも勿体《もったい》をつける癖《へき》がある。何ごともサクサクと簡単に済ませてしまうことに抵抗があるのだと思う。さあ目覚めたぞ、今日もきちんと覚醒したぞ、先《ま》ずは何をどうしたものか、第一声は何と言おうか——と、まあそんなことをうだうだ考えたところで鰡《とど》の詰まりはいつも同じなのだし、結局特別なことなどは何ひとつしないのだけれど、それでも一応は、一日の開始に当たって心の準備などを入念に行うというのが徳一の常なのだ。目覚めてから床を出るまでの愚にもつかない葛藤《かっとう》は、半《なか》ば儀式のようなものなのである。

その性向に、最近は億劫が加わる訳である。簡単に動き出したくない——に、簡単には動けない——が加わるという次第である。寝床で過ごす無為《むい》なる時間が、ぐだぐだと引き延ばされる所以《ゆえん》である。だから。

——まだまだ早い。

俯せになり、もう一度布団に潜《もぐ》った。

少し大きく息を吸うと、また少し咽せた。気管が細くなっているのだろう。
それは、明らかに齢の所為《せい》である。痰《たん》も絡《から》むし、喉《のど》も詰まる。煙草《タバコ》も吸わないのに
結局はこうなるのだ。ならば禁煙などしなければ良かった。禁煙したのはもう二十年
も前のことである。
つまり。
――オジいサンなのだ。
またそこに戻る。
余程《よほど》ショックだったのだろうなと、徳一は他人ごとのように思う。
思ってすぐに、徳一は自らの想いを打ち消した。
そんなことはない。
別に、それ程気にしてはいなかった筈だ。
大体、そう呼ばれたのがいつのことだったかさえ、徳一は覚えていないのである。
いずれ最近のことなのだろうが、まるで記憶にない。誰かにそう呼ばれたことだけ
は間違いないだろう。でも、果たしていつのことであったのか。
昨日や一昨日ではないと思う。最低四日前、いや五日前だったか。
四日前は何をしたのだったか。それ以前に、何故三日前という選択肢が飛ばされた
のだろう。あれあれあれ――。

何か忘れている。

大事なことではないだろうけれど、何かが思い出せない。

まあ、今の徳一にとって、大事なことなどただのひとつもないのだけれど。

些細なことの積み重ねこそが徳一の人生そのものである。自《おの》が人生を軽く扱わないためには、些細なことこそを大切にせねばならぬだろう。ならば、忘れてしまっていいことなど徳一にはただのひとつもないことになる。

――何だろう。

そもそも、何処《どこ》で言われたのだったか。

身体を返して仰向《あおむ》けになる。

部屋はかなり明るくなっている。

カーテンごしの陽光が部屋をカーテン色に染めている。

赤でも青でもない、煤《すす》けた生成《きな》りのようなカーテンであるから、別段綺麗でも何でもない。味も素っ気もない、げんなりするような燻《くす》んだ景色である。

仰向けになると天井が見える。

この天井も、またどうにも評しようのない色合いなのだ。

元はこんな色ではなかったと思う。いいや、入居した時は新築だったから絶対にこんな色ではなかった。ナチュラルなんとかというような、そんな名前の色だった。

要するに天然樹木の色である。今はもう、紅茶で煮染《にし》めたような色だ。触ったことはないけれどザラザラだろう。畳は陽に晒《さら》せば色が抜けるけれども、木材は逆に濃くなってしまうのだ。簞笥《たんす》なんかも濃い色になっている。

——これじゃあ。

自分が齢をとるのも道理だと徳一は思う。

人間は年数が経つと畳のように色が抜けるのか、それとも木材のように濃くなるのだろうか。

思うに、自分は濃くなったのではなかろうか。シミや黒子《ほくろ》も増えた。元々地黒ではあったのだが、瑞々《みずみず》しさがなくなった所為《せい》で燻みが出たのだろう。使い古して皺《しわ》が寄るのはまあ自然の摂理なのだろうが、何よりあちこち硬くなったように思う。

天井がこれだけ黒ずむのだもの、自分もいいだけお爺さんなのだろうさと、徳一は半《なか》ば強引に納得した。

そして、もう一度天井に見入る。

改めて観たことも畏《かしこ》まって観たこともなかったが、改めようが改めまいが、畏まろうが畏まらなかろうが、見慣れた天井には違いない。何が見慣れているといって、先ずはこの木目だ。ここまで陽に焼けているというのに、木目は黒々と残っている。

木目の形は、まあ変わらないのだろう。

――そうそう。

寝床の真上の天井板の節目が、とても奇妙な形なのだ。何かの形に見えるのだけれど、何に見えるのかが一向に判らないのである。判らないまま、徳一はもう四十年からこの節目を見続けていることになる。寝る時は気にならないのだが、ふとした時に観てしまうものなのだ。

――何の形なのだろう。

何処かで見た。何かに似ているのだ。一度何処かの会社のシンボルマークではないかと思い立ち、確認してみたら全然違っていた。思い違いだったのだ。

――さて何だろう。

暫く忘我《ぼうが》の状態で節目を眺めていると、やがて頭の何処か端の方から、別の記憶が顔を覗かせた。

映らなくなりますよ――。

何だこのセリフは。何が映らなくなるんだ。

「ああ判った」

徳一は節目を見詰め乍《なが》ら声をあげた。

勿論《もちろん》誰も聞いてはいない。

独りなのだから声が漏《も》れた、が正しい。

そして、判ったのはその奇妙な節目が何に見えるかということでは勿論ない。

そんな、何十年も判らなかったものが突如として判ってしまうようなことはない。

そういうことがあるとするならば――例えば風邪の鼻詰まりが一瞬にして開通してしまうが如《ごと》き爽快《そうかい》なる快挙が度々《たびたび》訪れる人生ならば――きっと、毎日はもっとずっと清々しくて愉しいものとなっていただろう。でも、それはないもの強請《ねだ》りなのだ。天啓などというものは、どんな時にも凡人には降りて来はしないものなのだ。

判ったのは。

そのセリフを発した人物が誰か、ということであった。

――電気屋だ。

それは、近所の田中《たなか》電気のセリフだ。一昨年《おととし》先代が脳卒中で死んで、冴えない感じの丸顔の二代目が跡を継いでからサッパリ流行《はや》らなくなった、あの田中電気だ。

その田中電気の二代目がわざわざこの家までやって来て、玄関先で何でももうすぐテレビが映らなくなるから買えとかいう話をし始めたのだった。

テレビはまだ映る。

買って二十年から経つが、ちゃんと映る。

他でもない、田中電気で買ったテレビだ。慥《たし》か、衛星放送が始まったとか始まるとか、そんな時期に買い替えたのだ、立派なテレビに。

思い出した。

慥《たし》かその時先代の田中電気は──。

映るようになるんです──。

と、言ったのではなかったか。

そう。その時、徳一は衛星放送など観ないから安い方で良いと言って、店主お勧めの機種を退けたのだ。

衛星を使って何をどれだけ綺麗に映すのかは知らぬけれども、これ以上画像が綺麗になったところで嬉しくも何ともない。モノクロがカラーになった時は驚いたけれども、それ以上はどうしようもないと思う。縦《よし》んば立体になるとか言われても、結構ですと言うよりない。あれこれ飛び出されても困る。こちらに向けて鉄砲でも撃たれたりしたら、驚いてショック死するかもしれないではないか。

大体徳一はそれ程テレビを観ないのである。

そう言うと先代は、別に今衛星放送を映す必要はないのだと力説した。

要は機械が対応しているかどうかなのだと言うのである。衛星放送対応型テレビを入れておけば、後はアンテナを立てるだけ、いざとなればアンテナだけで映るようになるんだから、どうせ買い替えるなら対応型にしておいた方が良いとかいう話だったと思う。弁が立つ親爺だった。能《よ》く覚えている。

いずれ――。

いずれ普通の放送が廃止されるようなことがあったとしてもその時はアンテナ一本で即対応だと親爺は言った。

アンテナさえ立てれば映るようになるんだから、対応型さえ買っておけばそれでいい、今は映らなくたっていい――二十何年前、あの親爺はそう言って徳一に今のテレビを売りつけたのだ。

いずれはあたしにアンテナ立てさせてくださいよ――。

そんなことを言ったと思う。

だから徳一は購入時、衛星放送だかのアンテナは立てなかったのである。

その後、衛星放送でない普通の放送は廃止されることなく現在に至っている訳であり、つまり徳一の部屋のテレビは、衛星放送対応型ではあるのだけれど、今も衛星放送は映らない。アンテナがないからである。

謂《い》わば宝の持《も》ち腐《ぐさ》れ的代物《しろもの》である。いずれその日が来たならば、田中電気にアンテナを立てて貰おうと、ずっとそう思っていたのだが。通常の放送が廃止される前に親爺が廃止されてしまったのだが。

その、親爺の念願だったろう衛星放送のアンテナも立てぬうちに、その息子がやって来て何もかも映らなくなるから買い替えろなどと嚇《おど》すというのはどうなのか。

いったいどういう了見《りょうけん》なのだあいつ。

お前の親父さんから買ったテレビは立派で丈夫でまだまだ映る、映らなくなったって衛星放送対応型だからアンテナを立てればいいのだと、徳一は威張って言ってやったのだ。

すると田中電気は、まあ衛星は衛星なんだろうけれども、電波がどうの地上がどうの、デジタル時計がどうのと、要領を得ない御託《ごたく》ばかり並べたのである。

どうしても映らなくしたいらしい。

まあお前さんがそれだけ言うのなら映らなくなるのかもしれないが、NHKが映ればそれでいいと答えた。実際、徳一は民放を殆《ほとん》ど観ないのだ。そう言うと、それも映りませんよなどと吐《ぬ》かす。あまりにも横暴な言い様なので、金を払っていて映らぬ道理はないと言って追い返したのである。

まったく以《もっ》てなってない。

あれでは先代が泣く。田中電気の看板が泣く。

NHKは公共放送だ。映らなくなる訳がない。何たって公共なのだから。

それに、徳一はちゃんと受信料を払い込んでいるのだから。

ずっと払い続けているのだから。

最初にテレビを買ったのは、何十年前になるだろう。

実家を出て独り暮らしを始めた後であることは、まず間違いないだろう。

思うに、徳一は独立してわりとすぐにテレビを買ったのではなかったか。いや、学生時代はラジオばかり聴いていたのだから、就職してから買ったのだったか。当時は高価な品だったから、いずれ中古品を買ったのだと思うが。

どうであれ——。

テレビを買ってからこっち、徳一は毎月毎月きちんきちんと数十年、律義にNHKの受信料を払い続けているのである。観なくたって払っている。義務だと思っているから苦にはならない。

そうは言っても、集金人が来ていた頃は留守だったり手持ちの現金がなかったりしたこともあっただろうし、何箇月分か纏《まと》めて払ったりしたことも幾度かはあったと記憶しているが、十年くらい前に銀行引き落としに切り替えたから、それ以降はより確実にきちんきちんと支払っている筈だ。滞納のしようがない。

世間には信念を以て受信料の支払いを拒否しているという人達もいるらしいのだけれど、それはそれである。

徳一には拒否するだけの確固たる理由が見つけられない。

ならば支払うべきなのだと、徳一は信じる。

決まりは守る、それが徳一の美徳なのである。

きちんと決まりを守ってさえいれば、必ずやきちんとした扱いをして貰える筈であると、徳一はそう信じてもいる。きちんとするのが一番だ。きちんとしているのだから、映らなくなることなどない。断じてない。こんなに真面目に受信料を払っている人間の許《もと》に公共の放送局が電波を送らないなどという理不尽《りふじん》はない。そんな非道《ひどう》が罷《まか》り通る訳がないではないか。

困ったなあ困ったなあと田中電気は言ったが、何が困るのか解らなかった。田中電気が困ろうが潰《つぶ》れようが、知ったことではない。田中電気に対して徳一は何の負い目もないのだ。

先代から立派なテレビを買ってやったのだし、それから十五年くらい前に冷蔵庫も買ってやった。トースターも買った。餅が焦げつかないとかいう新型の奴を買ったのだ。それから年に幾度か蛍光燈《けいこうとう》も買っている。

電池だって買う。

スーパーで買わずにわざわざ田中電気で買っているのだ。

徳一は田中電気の立派な客なのである。お得意様と言ってもいいだろう。得意客なのだから感謝されて然《しか》るべきなのである。何故に困られなければならぬのか。

田中電気は頻《しき》りに困った困った繰り返し、また来ると言って帰った。

今度来る時は電球のひとつも持って来いと言ってやった。

便所の電球が半分くらい黒くなっているのである。あんなにも黒く変色しているのだから、そう長くは保《も》つまい。二十年以上蛍光燈を買い続けているのだから電球一個くらいくれてもいいだろう。

——あの電球は。

今日にも切れてしまうのではないだろうか。

暗くなってから切れたりすると換えるのも難儀になるし、夜中に切れたりしたならもっと嫌だ。真夜中に便所に起きて、その最中に切れたりしたら大ごとである。だから、起きたらすぐにチェックしなくてはいけないと徳一は考える。もう、とっくに起きているのだが。

——いや。

そうではなくて。便所の電球は取《と》り敢《あ》えずいいのだ。

問題は別にある。電球の寿命を心配している暇《ひま》はない。

そう、田中電気がやって来たのが三日前のことなのだ。慥《たし》かその日はポストの前までしか行っていない。だから徳一は、無意識のうちに三日前を候補から外していたのであろう。

するとーー。

——田中電気の前か後か、ということだな。

徳一は何か推理でもしているような気になる。

こうやって理詰めで絞り込んで行けば自ずと解答は得られるのだ。それが理性的な在り方というものだろう、などと思ったりする。

しかし、推理などするまでもなく徳一は解答を知っている筈なのであって、推理しなければ自分の体験さえ確定できないなどという状況自体がそもそもナンセンスなのであるが、その辺りのことは完全に棚に上げられている。

――田中電気は。

いいヒントだったと徳一は思う。

あの丸顔の、商売が下手《へた》な田中電気の二代目が帰った後。

慥《たし》か――テレビを観た。そう、徳一は珍しくテレビを観たのではなかったか。

別に観たくもなかったのだが、映らないと言われたので癪《しゃく》に障って無理に観たのだと思う。普段はまるで観ない。天気予報も観ない。ニュースさえ観ない。

いいや、社会に興味がない訳ではない。政治にだって世界情勢にだって徳一は一家言《いっかげん》持っている。問われれば諸問題に就《つ》いて自説を滔々《とうとう》と述べる用意もある。徳一は社会の動向に対して十二分に関心を持っているのだ。

でも、だからといってまめにテレビを観る必要などない。

新聞があるからいいのだ。

世の中のことをそんなに速く知る必要などない。

朝になれば判ることを急《せ》いて前夜に知ったところで、どうにもならぬではないか。知ったところで知った後には寝るだけなのだ。眠ってしまえば考えられぬ。寝て起きたら忘れてしまっているかもしれぬ。

だが、流石《さすが》に朝刊で読んだことならその日一日は確《しっか》り覚えている。夜になるまであれこれ思案することもできる。社会の出来ごとを自分なりに咀嚼《そしゃく》して理解し、自分なりの見識を持とうとするのなら、朝刊を念入りに読む方がずっといい。

――朝刊を取って来ないとな。

そんなことを、ふと思う。

だが、今は朝刊どころではないのだ。先ずは、推理せねばなるまい。社会のことはその後だ。

――テレビは何を観たのだったか。

まるで覚えがない。

でも、ちゃんと映った。何が映らないだ失礼なと、徳一は独りごちたのではなかったか。

ならば、観たのだ。

でも、覚えがない。

まあ、どうせ見覚えのないタレントが出て意味の解らないことを喚《わめ》き乍《なが》らごしゃごしゃ騒いでいただけだったのだろう。最近のテレビは皆そうだ。内容はまるで判らぬが見た目は全部一緒だ。ドラマか映画でもやっていたのならもう少しは覚えていた筈だ。徳一は刑事ドラマなどは好きで能《よ》く観ていたのだ。

最近は、あまりやらない。

――待てよ。

漸《ようや》く、徳一は身体を起こした。

寒くもない筈なのに、すうとした。

寝汗をかいているのだ。生きている証拠だ。

そろそろこの寝巻きは暑いんだろうなと思う。寝巻きと呼んでいるのだが、要はスウェットである。年寄りがパジャマというのも何処か変だし、今更《いまさら》浴衣《ゆかた》で寝る者も少ないのだろうと思い、徳一は六年ばかり前からこの恰好で寝ることにしているのである。これならば不意の来客があっても、そう困ることはない筈だという、強《したた》かな計算もあった。

不意の来客があったことなど一度もないのだが。

いや、備えあれば憂《うれ》いなしである。例えば、今ここに宅配便の配達員がやって来たとしたってすぐに応対できるというものである。恥ずかしくはない。

立ち上がる。

ゆっくりと腰を伸ばす。

あくまでもゆっくりと、である。

そこでまたゆっくりとしゃがみ、布団の端を摑《つか》む。

これはもう、慣例的行動なのである。動作が脳を経由せずに連鎖的《れんさてき》に起こる。身体だけで動いているのだ。踊り慣れたダンスを舞うが如き、脊髄《せきずい》反射的な動作といえるだろう。

摑んだら自動的《オートマチック》に畳《たた》む。

――待て。

布団を畳む動作に移行する直前に、徳一はしかし、いやいやこれでは駄目だと思い直したのだった。もしこのまま布団を畳んでしまったら、徳一はそれを押し入れにしまい、続いて顔を洗って着替えてカーテンを開けて朝食の支度《したく》をしてしまうことだろう。

それは違うのだ。

今は、推理の時間なのである。

徳一は、慎重に一歩一歩を踏み締めつつも部屋の隅まで進むと、丁寧に畳んで積んである新聞紙の山の前に正座した。

昨日や一昨日やその前が、順番に積まれているではないか。

きちんとしていて良かったと徳一は改めて思う。

毎日毎日、読み終わったらきちんと畳む。そしてきちんと積み上げ、月に一度紐《ひも》できちんと縛《しば》って、決められた日にきちんと玄関先に出す。

近所の子供会が毎月一度、町内の古紙回収をしているのである。

徳一も地域住民の一員として、子供達のそうした立派な活動には是が非でも協力せねばならぬと考えている。リサイクルがどうの、ボランティアがどうのという小難しい問題は置いておくとしても、頑是《がんぜ》ない子等《ら》が一所懸命に――或《あ》るいは嫌々なのかもしれぬけれども、まあそれでも欠かさずにしていることなのであるから、地域にしがみついて暮らさせて戴いているような徳一なんぞにできることがあるのであれば、何を横にどけてもするべきだと思うからである。

出しておけば、持って行ってくれる。

それだけのことなのだが。いや、それでも大いに助かっているのである。古新聞というヤツは、それはもう、どんどん溜まるものなのだ。高だか一月分でも、束ねれば持つのが難儀な程の重さになる。半年も溜めてしまったら恐ろしいことになる。

考えるのも嫌だ。

ここに――。

それに、最近ではあのちり紙交換車というのが廻って来ないのである。新聞を購読する家庭が減ったのか、はたまたああいう種類の業態が商売として成り立たなくなってしまったのか、その辺の事情は判らないのだけれども、めっきり来なくなった。

そもそもちり紙という言葉を耳にしない。まあ、拡声器からは毎度お馴染《なじ》みちり紙交換などというアナウンスが流れていたが、そう言ってい乍《なが》ら換えてくれるのは前々からロールのトイレットペーパーだった訳で、ちり紙などというものは、ここ三十年くらい徳一も目にしたことがないのだけれど。

——昔は。

便所の隅にこんな感じでちり紙が置いてあったよなと、徳一は積んである新聞を見つつ思う。そして一番上の新聞を取り、日付を確認する。

これが、昨日の新聞である。絶対に間違いない。

昨日は何ごともなかった。それは確実だ。つまり昨日ではないから、これは除外する。一昨日でもない。夕刊もあるから間違えぬように除《よ》けて、三日前の新聞を手に取る。総理大臣の支持率が下がったとかいう見出しが目に入った。覚えがある。

——ちゃんと読んでいるじゃないか。

そう思う。

しかもちゃんと覚えている。大したものだ。

裏返してテレビ欄を眺める。字が小さい。

——これは眼鏡《めがね》だ。

老眼鏡《ろうがんきょう》は独り暮らしの必需品《ひつじゅひん》である。

徳一はずっと眼が良いのが自慢だった。近視でも乱視でもなかった。だから、ものが良く見えないという状態がどのようなものであるのか、かなり長い期間理解することができずにいたのである。

それだけに、最初に老眼が出た時はショックだった。何故見えない、眼病《がんびょう》か、もしや死ぬのかと案じたものだ。

でも——。

まあ眼鏡を掛ければ見えたのだから、それでいいと思った。

すぐに慣れた。別に恥ずかしいとも思わなかった。

そういうものだと思っただけだ。

老眼を意識したのは四十五歳くらいの時だったろうか。老眼鏡を眼鏡屋で誂《あつら》えたのは、それから三年後だったと思う。四十八の誕生日に自分で買ったのだ。

——そういうことは覚えているな。

能《よ》く覚えている。駅前の眼鏡屋だ。慥《たし》か貴金属なんかも扱っている笹山《ささやま》眼鏡店とかいう店だった。あの店はもう随分《ずいぶん》前に潰れてしまったのだと記憶している。

慥か夜逃げしたんだったか。そうだったかもしれない。今使っている眼鏡は、メガネなんとかという横文字のスカした店で誂えたものだ。

──ああ。

あの店にはお爺さんがいたよな、と徳一は思い出す。

ずらりと並んだ眼鏡の中にお爺さんが座っていたのを覚えている。いや、二十四年前、四十八歳の時の自分がそう思ったのだ。膝の上には孫を乗せていた。可愛《かわい》らしい子供だった。

孫はあの頃四つか五つぐらいだったと思うから、今はもう三十近いのだろうか。

一家は夜逃げしてしまった訳だが。

あの、笹山眼鏡店の店主は、その時幾歳《いくつ》だったのだろう。たぶん、今の自分よりはずっと若かった筈だ。まだ六十前だったのじゃないだろうか。なら、今の徳一より十歳以上若い。

そんな働き盛りを捕まえて、徳一はお爺さんと評していたのだろうか。それは随分じゃないか。と、いうよりも、今の自分の方が余程お爺さんなんじゃないか。いやいや。

──オジいサン、だ。

だから眼も悪いのだ。

眼鏡は寝る前に外して、必ず台所のテーブルの上に置く。

枕元に置いておいたりすると、誤って踏んでしまう可能性があるからである。新聞や書簡《しょかん》は必ずテーブルの上で読むことにしているから、それでいいのだ。

眼鏡を取りに行くため腰を浮かせて、でも徳一はそこで思い留まった。眼鏡なんかを欲する以前に、この部屋は少しばかり暗いのである。光量が足りないのだ。

ならば、先ずは。

——カーテンを開けるべきなのか。

もうすっかり明るくなっているのだし、こうして起きてもいるのだから、カーテンは開けるべきだろう。

——よし。

カーテンを開けようと思い立ち、徳一は再び思い留まった。

まだカーテンには早い。通常は、先ず顔を洗い、然《しか》る後に着替えをしてからカーテンなのだ。往来《おうらい》を通る人に姿を見られる可能性を考慮するに、その順番は譲れない。

まあ、そのためのスウェットなのだが。スウェットなのだから見られてもいいとも思うのだが。備えているから憂えることはない筈なのだけれども。

でも、まだカーテンを開ける気運《きうん》は満ちていない。

徳一は立ち上がって紐を引き、電燈を点《つ》けた。

ぼんくらな電燈は夕方と同じように明滅して、それから弱々しく発光した。

どうやっても陽光に敵《かな》うものではない。

部屋の中は益々《ますます》胡散《うさん》臭《くさ》い色合いになった。

電燈が完全に点いたことを確認し、さて眼鏡を取りに台所へ行こうか――とも思ったのだが、そこでやや気が逸《はや》った。同時に台所へ行くのが面倒に感じられた。

億劫の発動である。

――億劫だ。

このままでも読めるかもしれない。

読んでみて駄目だったならその時に取りに行けば良いのだ。いずれにしてもやってみるだけの価値はある。

徳一は電燈の真下に立ち、新聞を光源に近づけるようにして眼を細め、無理矢理に活字を追った。

番組名を確認する。

さっぱり判らない。

読めないこともない。ないのだけれど、読む気がしない。断片的に読み取れる文字の連なりが、意味を成していない。

日本語か、と思う。

番組名を見てもどんな番組だか判らないし、出演者の名前を見ても誰が誰なんだかさっぱり判らない。片仮名と横文字とエクスクラメーションマークが躍《おど》っている。こんな暗号のような文字列をどれだけ眺めていたって、三日前の記憶は取り戻せはしないだろう。

たった三日前なのに、である。田中電気の困った顔は在り在りと思い出せるのに。

と、いうか二十四年前の笹山眼鏡店の店主の顔の方が余程明確に思い出せる。

そんなにお爺さんじゃないな、あの店主は。

でも、頭からお爺さんだと思っていたのだ。徳一は。そう考えてみると何だか理不尽な感じがしないでもない。

それにしたって――。

――駄目だ。この新聞はいかん。

やはりこんなものに頼っていてはいけないのだろう。

こうやってすぐに外部記憶に頼るから脳が弱るのである。記憶力が衰えるのだ。

自分で考えて、自分で自分の頭の中を探って、そして思い出さなければいけないのだ。そうでなくては意味がないのだ。田中電気という有力なヒントがごく自然に見つかったように、手がかりは必ず己の頭の中にある。勿論答えもある。

そしてそれは、己の力で見出すことができる筈のものである。

徳一は新聞を下ろし、見慣れた部屋をぐるりと見渡した。

古惚《ふるぼ》けた部屋である。見事なまでに老人の住まいだ。

四十年前に抽選で中《あ》たった公団アパートだ。

その頃のことも能《よ》く覚えている。お前が申し込んだって独身には中たらないぞと皆に言われて、それが中たったものだから徳一は小躍りして喜んだのだ。

こんなハイカラな――その当時、既にハイカラなんぞという言葉は使っていなかったのだけれど――まあ当時にしてはモダンな――それもまた使ってはいなかったのだが――とにかく、そうした、わりに良い感じの部屋に安く住めることになった訳であるから、薄給だった徳一は素直に喜んだのである。

引っ越しには同僚の手を借りた。家財は少なかったからあっという間に終わった。

これならお前一人でもできただろうにと言ったのは、去年喉頭癌《こうとうがん》で死んだ同期の桜井《さくらい》であったと思う。

実際何もなかったのだ。

一階なのでカーテンを買うまで不用心で仕様がなかった。

目の前は公園で、入居した当時は植え込みがなくて樹木も今より背が低くて、ずっと見通しが良かった。

あの窓辺の箪笥《たんす》も最初はなかった。

一時は、何とかというジッパーで開け閉めするタイプのビニールの衣裳《いしょう》ケースを置いていた。でも三年で壊れた。ああいうものは今もまだ売っているのだろうか。

それから、今と違って電話も高価だった。保証金と工事費用と回線使用料だか何だかを取られたと思う。どんな内訳《うちわけ》だったか覚えてはいないのだけれども、六万か七万はぶん取られた筈だ。それに電話機も支給される奴だったと思う。

勿論ダイヤル式だ。最初に設置されたのは、所謂《いわゆる》黒電話だった。

今は留守番機能付きのテレフォンである。これも、慥《たし》か田中電気で買ったのではなかったか。いいや、確実に田中電気だ。

――やはり上客じゃないか。

絶対そう思う。越した当時に持っていたテレビはモノクロのやけに小さい奴で、室内アンテナでザラザラした画《え》しか映らなかった。中古だったから仕方がない。その後カラーテレビに買い替えて、それがカラーなのに緑一色の不可思議な画面になってしまい、それで今のテレビを買ったのだ。

いや買わされたのだ。衛星放送対応型を。

一昨年脳卒中で死んだ田中電気の先代に。

あの親爺は配線やら何やらもしてくれた。

まだ良く映る。

この間だってちゃんと――。

「ああ、温泉だ」

温泉が映っていた。見覚えのない若い女性タレントと昔時代劇で悪役ばっかりやっていた俳優が、混浴でもないのに一緒に風呂に浸《つ》かっていたじゃないか――。

徳一はもう一度テレビ欄を顔の前に掲《かか》げて、眼を凝《こ》らした。

三日前。

田中電気が帰ったのはたぶん六時過ぎ、その後の時間帯なのだから、六時半か、七時か――。

のんびり湯の旅スペシャルという番組が見つかった。七時からである。

これだ。これだよ。

番組名に続いてサブタイトルらしきものも記されていた。秋田・秩父《ちちぶ》・徳島・列島縦断秘湯《ひとう》名湯《めいとう》美味《うま》いもの巡り――と書いてある。そういえばあの悪役俳優は舟盛りの刺し身をもぐもぐ喰っていたのではなかったか。海のない秩父の旅館で。

そうそうそう。

行ったのだ。徳一はこの時映った秩父の鉱泉《こうせん》に行ったことがあったのだ。

あれはもう三十年くらい前だったかな。何で行ったんだったかな。高校の同窓の茂《しげ》田《た》と山井《やまい》と岡島《おかじま》と、もう一人くらいいたよなあ後は誰だっけ――。

と。

三日前に思ったじゃないか。

決まりだ。田中電気は三日前だ。

で——。

徳一は再度新聞の前に座り、今度は四日前の新聞を抜き出して、徐《おもむろ》に広げた。

地デジ普及率予想をはるかに下回る——という見出しが目に留まった。

ちでじ、なのか。

じでじ、なのか。

地で地、という洒落《しゃれ》なのか。

それならそれは、いったい何のことなのか。

地デジという方式の何かが一斉に施行されるという話だけは徳一も知っている。

だが、それがどのようなもので、どのような階層がその方式を採用せねばならぬのか、その結果どうなるのかに就いて徳一は今ひとつ把握《はあく》できていない。というか、まるで解っていない。

しかし今更誰かに尋《き》くのも躊躇《ためら》われた。

尋くは一時《いっとき》の恥尋かぬは一生の恥などと謂う。

それは真理だと思う。しかしものごとには普《あまね》くタイミングというものがある。

この話が最初に新聞に載《の》ったのは、もう何年も前のことだと記憶している。その時に尋いていれば、まあ問題はなかったろう。だが、既に尋けるタイミングは逸《いっ》しているだろうと思う。この期《ご》に及んで問い質《ただ》すのは、やはり気が引けてしまう。一時の恥が、どうも一生付《つ》き纏《まと》いそうな気がしてしまう訳である。

それ以前に、尋く相手が身の周りにいないのだけれど。

それこそ、まあいずれ電気的な話ではあるのだろうから、田中電気辺りが教えてくれても良さそうなものだと思う。それが二十年以上に亘《わた》り蛍光燈や電池を買い続けている優良顧客に対する礼儀だろうと思う。それなのに。

売りつけようとするだけだ。その手に乗るか。

――田中電気め。

恩知らずである。

親爺が築き上げた身代も、あの二代目でお終《しま》いだ。

まだまだ小僧なのだ。徳一がテレビを買った時分、あの男は中学生か何かだった筈だ。丸顔に面皰《ニキビ》をくっ付けて、詰襟《つめえり》かなんか着ていたのじゃなかったか。態《なり》だけは一人前になったけれど中身は変わっていないのじゃないか。だから店を継いでも所帯も持てないのだ。

何がもう映らなくなるだ。

――おや。

徳一はぼうと考える。

田中電気の先代は、自分より十近くは齢上だった。すると二十年前にテレビを買った時点で六十過ぎぐらいだった筈だ。冷蔵庫を買った十五年前には、確実に六十を越していただろう。

でも、田中電気の先代は親爺だ。死ぬまでオヤジさん、と呼んでいたように思う。

何故だろう。

笹山眼鏡の店主は最初からお爺さんだった。

徳一はお爺さんと決めて疑わなかった。でも二十四年前、眼鏡屋は推定六十前だったのだ。ならば十五年前、六十を過ぎた田中電気は優にお爺さんの筈じゃないのか。

何故に眼鏡屋はオジイさんで電気屋はオヤジさんなのだ。自分の基準は何処に据えられているのだ。

見た目か。

――いいや。

そんなことはない。

笹山眼鏡は、白髪《しらが》交じりではあったが中々品の良いナイスミドル的な風貌だった。

背は低かったが男前だったし、肌にも艶《つや》があった。

記憶の中の笹山眼鏡は現在の徳一などよりずっと若々しい。一方田中電気は、二十年前の段階で概《おおむ》ね禿《は》げだったのだ。しかも猫背で、慥《たし》か痛風だった筈だ。蟹《かに》が好物だったのだ。だからという訳ではないけれど、動きも年寄り臭かった。確実に老けていた。見た目でいうなら電気屋の方がずっと老人だったろう。見た目勝負なら眼鏡屋の圧勝だと思う。

まあ潰れて夜逃げしてしまったのだが。

まだ生きているかな笹山眼鏡。

田中電気は死んでしまった。

二代目は、何だか頼りなくて商売が下手だ。大体、ジデジだかチデジだか判らないような年寄りに、そういうことを易しく教えてくれる、そうした親切心から地域密着型の商売というのは始まるのじゃないか。こちらが教えを乞《こ》う前に、知らないだろうと察せよ。尋きにくいじゃないか。

だから今以てまるで解らないのだ。

解らないから、徳一は地デジ関係の記事だけは概ね読み飛ばしてしまうのだ。解らないのに恰好をつけて読んでみても意味がない。自分自身に知ったか振りをして見せたって始まらないからだ。つまり、この記事は読んでいない。読んでいないが。

——この日は。

そうだ買い物に行ったぞ。

買い物は水曜日に行く。徳一は一週間分纏めて食材を調達するのだ。

四日前は――。

日付の横の曜日を確認する。

案の定、四日前は水曜日だった。

買い物は近所のスーパーにしか行かない。スーパーにも電球や蛍光燈くらいは売っているのだが、徳一は義理堅《ぎりがた》く電化製品だけは田中電気で買うようにしている。

そう。だから徳一はスーパーで便所の電球を買わなかったのだ。もう、黒くなっているというのに。ちゃんと売っていたというのに。田中電気に情けを懸《か》けて買わずに帰ったのである。だからこそ、翌日ひょこひょこやって来てテレビを買えなどと言う二代目を邪険《じゃけん》に扱ってしまったのではなかったか。

――スーパーみよし屋。

徳一は記憶を掘り起こす。

そうだ。徳一はみよし屋には大体四時過ぎに行く。あの日は蒲鉾《かまぼこ》を買った。それからキャベツだ。インスタントラーメンの五個入りのパックと、筆ペンを買ったんじゃなかったか。

――買ったよ。

川田《かわだ》の息子が佃煮《つくだに》を送ってくれたので礼状を書こうと思い立ち、筆記具がボールペンしかないことに思い至って、それで筆ペンを購入したのだ。礼状はその日のうちに書いて、翌日の午前中に出そうと思っていてうっかり忘れ、午後になって思い出して、やおら出しに行こうと思い立って支度しているところに田中電気が来たのだ。

まったく間の悪い電気屋だ。

――ようし。

スラスラ思い出せる。

気持ちが良い程スムーズに記憶が甦る。そう、みよし屋ではニンジンも買った。たんざくに切ってラーメンに入れたのだから間違いない。野菜を入れるなら塩ラーメンにすべきだったと反省したじゃないか。

蒲鉾とキャベツとニンジンとラーメンと筆ペンと――それからイチゴも買った。

そして、葉書だ。葉書がなくちゃ話にならない。

佃煮のお礼で封書はないだろう。ここは葉書だろう。

川田の息子はわりと気の良い男だが、軽薄な性質で、凡《およ》そ封書を貴《たっと》ぶようなタイプではない。畏まった手紙なんか貰ったところで却って迷惑がるような男だ。でも、気軽に電話をかける程に親密な間柄でもないのだ。電話などしたら徳一の方が畏まってしまう。

川田の息子は川田の子供なのであって、徳一の子供ではない。徳一には子供がいないから扱いに慣れていないというのもある。照れてしまうのだ。電話するとしても父親の方にするだろう。だからまあ、ここは葉書だと、そう思ったのだ。しかし、みよし屋は葉書を取り扱っていない。だから——。

葉書を買いに郵便局まで行ったじゃないか。行った。

郵便局はみよし屋の反対方向にあるから結構距離がある。実際かなり歩いて、それで徳一は疲れてしまったのではなかったか。

疲れて、そう、その、うちの目の前の、窓から見渡せる、そこの公園の端っこのベンチで——。

——オジいサン。

「間違いないな」

どうやら記憶が連結している。

そう呼ばれたのは四日前だ。四日前に決定してしまってもいいだろう。

呼ばれた場所は、公園だ。その、カーテンを開ければ見える公園の、あの端っこのベンチこそが——現場だ。

声は。

記憶の中で再生される声は大人のものではない。

と、いうより明らかに子供のそれである。女性ではない。やはり子供だと思う。

では。

自分はどうして子供なんかと話をしたのだろう。

子供に用事はない。いいや、子供以外にも用事はない。徳一はたぶん、誰にも用事なんかない。向こうから関わって来ない限りは、何も起きない。ただ、徳一に用がある者もまたいないのだ。だから、昨日も一昨日も口を利いていない。田中電気を追い返した時の罵言《ばげん》が、今のところ最後の発言だ。

電球くらい持って来い、とか言ったのだ。

もし徳一が今ここで死んだなら、最後の発言は電球くらい持って来い、になってしまう。

――持って来るかなあ。

あの二代目はまだ三十二三だろうか。そうすると随分遅い子供ということになる。

そういえば先代が死んだ時は享年《きょうねん》八十一とか言っていたかな。なら五十を過ぎてからできた子供なんだろうか、あいつは。

己の子供というのは。

――どんな感じなのだろう。

まあ——最近の若者は、というか子供は、自分の両親をジジイババアと呼んだりもするらしい。いや、自分より齢上はみなジジイかババアなのだそうだ。小学生は中学生を、中学生は高校生を、ジジババ呼ばわりするという。ならば、徳一などはもう筋金入りのジジイなのだろう。そもそも、真正《しんせい》の老人なのである。そう呼ばれたところで気にする方がおかしい。

いや、本当に気にしていた訳ではないのだが。

四日の間完全に忘れていたのだから、絶対に気にしていた訳ではないと思う。そもそもこれだけ色々と想いを巡らせていて猶《なお》、そう言われたその瞬間の状況を思い出せないでいるのであるから、これはもう、まるで気に懸けてなどいなかったと考えるべきだろう。

爺がジジイ呼ばわりされただけなのだ。

これで例えば、徳一が五十代だったとかいうのなら、多少は傷付いたりしたのかもしれないのだけれど——。

——傷付く、なあ。

いいや。自分はその程度のことで傷付く程にナイーヴな人間ではないだろう。

徳一の能《よ》く知る徳一は、もっと図太くて鈍感な男だ。そもそも徳一自身が六十前の笹山眼鏡をお爺さんだと決めつけていたくらいなのだから。

何を今更という感じではないか。馬鹿馬鹿しい。

そう思いつつ、徳一は新聞を再び畳み直して、日付順にきちんと重ねた。

「おじいさん」

口に出して言ってみる。ちょっと違う。

やはり、片仮名だ。しかし、何故カタカナだと思うのだろうか。耳で聞いただけなのに。

「オジーサン」

でもない。い、の辺りが、もっと柔らかいのだ。

ジィさん、でもない。じィさん、でもない。

そこで徳一は気づいた。

ジジイではないのだ。お爺さん、なのだ。それは決して汚い言葉ではない。寧《むし》ろ丁寧な呼び方だ。

別に馬鹿にされた訳ではないのである。罵《のの》られた訳でもないし、蔑《さげす》まれた訳でもない。不良や何かにクソジジイと詰《なじ》られた訳ではないのだ。そういう類《たぐ》いのものではなくて——。

——ああ。

そう、可愛らしい声だったのだ。

乳臭いというか、幼いというか。

子供も子供、あれはたぶん小学生になりたてか、まだ未就学児か、そのくらいのとても小さな子じゃなかっただろうか。

耳の奥で記憶が再生された。

丁度、目覚めた時のように。

——オジいサン。

そこで。

徳一の脳裡《のうり》に、在り在りとビジュアルが浮かんだ。

田中電気の間抜け面などより余程明瞭《めいりょう》にそれは浮かんだ。

浮かんだのは五六歳の小さな男の子の顔であった。取り分け可愛らしいとか、賢そうだとか、そういう感じではない。でも腕白《わんぱく》そうだとか大人びているとか、そういう印象もない。

子供子供した、ただの子供だ。

四日前。

一息吐《つ》いた徳一が、さて暗くなる前に戻ろうかとベンチから重い身体をようやっと起こした、丁度その時。

背中の斜め後ろからその声は聞こえた。

振り向くと子供がいた。

子供はベンチの座面《ざめん》を指差していた。

小さい指のその先には、郵便局で買った葉書があった。

その子供子供した子供は、徳一に忘れ物を知らせてくれたのである。その、

――オジいサン。

のひと言で。

徳一は、たぶんおおとかああとか声を発して前屈《まえかが》みになり、その葉書を手に取ったのだ。手に取ったのを見届けるなり、子供は何処かにすっ飛んで行ってしまったのである。

きっとあの子は、ベンチの後ろ側で何かしていて、徳一が立ち上がるのと同時に横に廻ったのだろう。そして座面に残された葉書を見つけ、知らせてくれたのだ。

――そうなんだ。

お礼も言わなかったなと徳一は思った。

だから意識下で気にしていたのだろうか。

小さい子供の動きは素早くて、老人である徳一の動きは緩慢《かんまん》であり、行方《ゆくえ》を見定めることさえ儘《まま》ならなかったくらいだから、とてもとても追いかけることなどはできなかったのだろうが。

それでも、礼は言うべきだったかもしれぬ。

恙《つつが》なく礼状が書けたのはあの子供のお蔭なのだ。

——そうだよ。

川田の息子に徳一の感謝の気持ちが届けられたのは——いや、それで川田の息子がどう思ったかは別として、どうであれ佃煮の心遣いに対する徳一の謝意表明が叶ったのであれば——それはあの子の一声の賜物《たまもの》だということになる。

佃煮はそこそこ美味《うま》かったのだし。

そういえばあの佃煮はどうしただろう。全部食べてしまったのだったか。食べかけだったか。なら冷蔵庫だろう。残っていたら朝飯のおかずにしよう。折角の贈り物なのだし。

漸《よう》く、徳一に朝が来た。

それまで意識的に見ないようにしていた時計を見る。

まだ、六時五分だった。

長い。一分が長い。一時間が長い。それなのに一日は短い。

すぐに陽が暮れる。一年はあっという間に過ぎ去ってしまうというのに、四日前の出来ごとがまるで何年も前のことのようである。昔のことは能《よ》く思い出せるのに。近くが霞《かす》み、遠くが明瞭なのだ。

――心も老眼なのだな。

老人はみんなこうなのかと思う。

そして、のろりと徳一は立ち上がる。

全部思い出せたんだから、さぞやすっきりしただろうと、そんな風に考える。

でも。

何か、違う気がする。

これこそ齢の所為《せい》なのかと思う。

布団の処まで戻り、押し入れを開けて、そこで徳一は立ち止まる。やっぱり何か忘れている――気がする。

忘れているというよりも判らないのか。判らないというより意識が届かないような部分があるのだろう、自分の、奥の奥の方に。

思うにそれは、テレビ番組のことでも秩父の鉱泉のことでも佃煮の礼状のことでもないし、地デジも総理大臣も関係がない。笹山眼鏡とも田中電気ともきっと関係がない。ないだろう。

皮膚の表面ではなくて、身体の奥の方が痒《かゆ》いような感じである。角質化《かくしつか》した踵《かかと》の痒みというか。掻いても掻いても痒みには届かないというか。隔靴《かっか》掻痒《そうよう》より質《たち》が悪いというか。

押し入れに布《し》かれた古新聞を眺め、徳一は再度思案した。

「オジいサン」

ああ、こんなイントネーションだ。

——そうか。

お爺さんという呼称は老人を指し示すだけのものではないではないか。クソジジイやなんかと違って悪口雑言《あっこうぞうごん》の意味合いはないだろう。その代わりに、おじいさん、には——。

お祖父《じい》さん、という意味もあるのだ。

——それだ。

連れ合いもいない、子供もいない、そんな徳一には、当然乍《なが》ら孫はいない。

子供もいないのに孫がいる訳もないのだ。だから徳一は、自分は老人だという自覚は十二分にあったのだけれど、自分がおじいさんだという自覚は、まったくなかったのである。

だから。違和感があったんだ。

独身のまま七十二になってしまった徳一は、誰の祖父でもない。

誰の祖父にもなり得ない。このままだらだら生きたところで、死ぬまで、生涯おじいさんと呼ばれることはない。ない——筈だった。

だから。

「オジいサン」

徳一はもう一度あの子供を真似《まね》て声を発した。

イントネーションは似ていたけれど、あの子の声はこんな嗄《しわが》れた濁声《だみごえ》じゃなかったな。

ずっと独りで生きて来て、これまで淋《さみ》しいと感じたこともなかったし、それはこれからもないと思うし、別に不便も不安もないのだけれど、赤ん坊を抱いたことすらないというのはやっぱり少し淋しいと思うべきなのだろうか。

他人の孫は能《よ》く見るけれど。

羨ましいと思ったことはただの一度もなかったのだが。

徳一は、てきぱきと布団を上げると、顔を洗ってきちんと着替え、朝飯の支度をする前にカーテンを開けて、まるで我が家の庭のように見慣れた公園を、古びた窓から見渡した。

まだ、子供達の姿はない。

老婆が犬に引かれてひょこひょこ歩いているだけだ。

年寄りは朝が早くて困るよなと、そんなことを思う。

それから――。

今日は田中電気まで出向いて便所の電球を買ってやろうと心に決めて、徳一はゆるゆると台所に向かった。

七十二年六箇月と2日

午前10時26分～53分

オジぃサン——。

と、呼ばれた公園に行ってみた。

行ってみたというのは少しおかしいなと益子徳一は思う。公園は徳一の暮らすアパートの真ん前なのだ。家に帰る前に寄ってみた、というのが正解だ。

そういう細かいところを大事にして行かないといけないんだと、徳一は自らに言い聞かせるように思った。

徳一に残された時間は少ない。

今のところは健康なのだけれども、それだって百歳まで生きることはないだろう。

死ぬ気はまったくしないのだが、どう考えても百は無理だ。

徳一の父は六十八で死んだ。

もう、父の齢《とし》を四年も越している。

——祖父は。

幾歳《いくつ》で死んだのだったか。位牌《いはい》には享年《きょうねん》幾つと書いてあっただろう。ばんやりと位牌の画像は脳裡《のうり》に浮かぶのだが、文字としては認識しない。

──七の文字はあったか。

父より若く死んだことはないと思うから六十七ということはない。ならば、まあ七十は越していたのだろう。そうだとしても既《すで》に徳一も七十二なのだから、間もなくである。

間もなくなのだ。

お迎え、というやつだ。

取《と》り敢《あ》えず八十でお迎えが来るとして、後八年もない。九十箇月くらいしかない。

九十箇月といえば二千七百日くらいか。

──いや、違う。

一箇月は三十日に限ったものではない。二月は短いし、三十一日の月だってある。

いや待て、それでも一年は三百六十五日なのだから、年で数えれば──。

──閏年《うるうどし》があるな。

計算が面倒になる。死ぬまでに何回閏年は来るのだ。この前の閏年はいつだったろう。四年に一度だから、まあ二度とするべきなのだろうが、今年がそうなら三回になる可能性もあるだろうか。そんな気もするが──。

いいや、それはない。

今年がそうだとしても、もう過ぎているのだし、勘定《かんじょう》することはないのだ。それにしたって暗算するのは面倒だ。定年前は暗算が得意で、電卓なんか要らないと豪語《ごうご》していた自分は何処《どこ》に行ってしまったのか。

——死ぬまであと何日あるのだ。

いや、死なないからな、と徳一は思い直す。

八十で死ぬというのは仮定に過ぎないのだから、細かく勘定しても仕方がないだろう。正確である必要などない。と、いうより正確にならない。明日死ぬかもしれないのだし。

まあ、いつ何が起きてもおかしくはないのだし、それは若い者でも同じである。ただ。

何も起きなくても、遠からず死ぬ。

それが年寄りである。まあ二千日か三千日か判然《はんぜん》としないのだけれど、そのくらいしか残りはないのだ。だとすれば、一日一日、一時間一時間、一瞬一瞬を大事にせねばなるまい。

家にいたとして。

公園に行こうと思い立ったとして。

わざわざ立ち上がり靴を履《は》き戸を開けて閉めて鍵を掛けアパートの横をぐるりと歩くという行為をせねば、この場所には至れないのである。

わざわざ来るのと家に帰る途中に立ち寄るのとでは、能動《のうどう》の度合いがまるで違う。残り少ない人生時間の中で、行くのと寄るのとでは優先順位《プライオリティ》のようなものがまるで違っているのである。

徳一は見渡す。

雨上がりの薄曇りで、地面は完全に乾いてはいない。

その所為《せい》か遊ぶ子供達の姿も見えない。入り口付近に自転車に跨《また》がった中学生くらいの男子が三人、跨がったままで立ち話をしているだけだ。立ち話というより、ゲームとやらをしているのかもしれない。能《よ》く判らない。

――もう学校は終わったのか。

通りすがりにそんなことを思う。

思う尻から徳一は否定する。そんな訳はない。近頃は週休二日になった所為でカリキュラムが押せ押せになっている筈《はず》だから、こんな時間に終わったりはしない筈だ。ゆとりだとか何だとか謳《うた》っていたが、結局ゆとりがなくなっている。教えきらないから塾に頼ることになる。余計にゆとりがなくなる。

で、勉強しない者は物知らずのまま育つことになる。

人生にゆとり、ではなく知能にゆとりができるだけだ。

識者《しきしゃ》めいた連中は挙《こぞ》って詰め込みはいかんだとか何とか謂《い》っていたが、詰め込めるのなら詰め込んでやった方が後が楽なのだ。無理に詰めたって器が小さければ詰まりきらないのだろうし、まあ落ち零《こぼ》れる者も少なからず出るのだろうが、それだって小さい器ぎちぎちに詰まってる方がまだいいではないか。

学校ではそんなに詰めませんけど生きるためには詰めなきゃいかんから、後は自分で詰めなさいなどという政策が、上手く行く訳はない。強制されるならともかく、自主的に詰めようとするなら、どうしたってツメは甘くなるのだ。

そんなこんなでゆとりなんたらは中止されたようなのだが、それでも週休二日はそのままなのだから、思うに余計時間は足りなくなっていることだろう。

何だか大人の方の軸《じく》がブレている。

まあ、大人がこんなだと今の子供も大変だろうと思う。

子供の頃は莫迦《ばか》だから、疑うということを知らない。嫌だと思うだけである。徳一も馬鹿だったから、疑いはしなかった。反発もしたし拒否もしたけれど、それもこれも何か疑わずに済むものがあったからこその反発や拒否であったと思う。反発する対象がぐらぐら揺れていたり、拒否すべき相手が及び腰になっていたのでは、反発も拒否もできまい。できなかっただろうと思う。

無条件で、強制的に、ぐいぐいと押しつけられるから、押し返す気になるのだ。押せば引くようなものが相手だったら、それこそ暖簾《のれん》に腕押しではないか。

暖簾に腕押しとは先人《せんじん》も上手いことを言ったものだと徳一は思う。いやはや俚諺《りげん》格言というものは、中々大したものなのだ。

そんなことはいい――と、そこで思う。関係ない。

とにかく、反発も拒否もできないとなると、嫌だと思う気持ちが宙吊りになるだけだ。

そうなると色々難儀なことになると思う。善悪も正否も是非も何もかも自分で一から考えて、凡《すべ》て自分で決定しなくては立ち行かない。それは厳しいのじゃないだろうか。

自分に厳しくするのは難しいものだ。

――すると。

徳一は軽く振り向く。

あの中学生達は自分に厳しくしていないのか。楽をしているのか。

つまり、サボタージュしているのか。

徳一は歩を止める。

サボるのは良くないだろう。

不良だ。

いや――。

どう観《み》ても普通の子供だ。不良には見えない。

いやいや、最近の不良は見た目では判らないと聞いた。昔は判り易かった。昔の不良は俺は不良だぞという恰好をして、俺は不良なんだぞという振る舞いをしていた。

それ自体が主張だったのだ。

最近は、主張しない。

それもこれも、暖簾に腕押しだからだ。

少年の一人が顔を上げた。

少年は凡《およ》そ一秒程徳一を見詰め、それからまた視線を下ろした。

手に持った何か、小さな機械に――だ。

機械――なのだろう。あのプラスチックの箱は。

昔の機械はみな金属《かね》でできていたから重たかった。しかも大きかった。持ち歩ける機械なんかなかった。冷蔵庫だってテレビだって重かったのだ。とても一人では動かせなかった。

――そうだ、テレビだ。

あの田中電気の若造め。

近頃の若い者はなどというセリフを吐《は》くようになったらお終《しま》いだと思って徳一は生きて来たし、こんな老人になってからそんなことをほざいたら余計に洒落《しゃれ》にならないだろうとは思うのだけれども。

若い者なんぞという大雑把《おおざっぱ》な括《くく》りは無効だ。

人は一人ひとり違うだろう。

それに、徳一より若い者となると、それはもう人口の半分以上を指し示しているということになる。どれだけ高齢化社会になったといっても、七十以上が過半数ということはないではないか。それにしたって——。

今度は別の少年が顔を上げた。

見返すと目を逸《そ》らすように下を向く。

——何と言ったかな。

メンチを切る、だったか。ガンを付けるだったか。

呼び方は能《よ》く知らないのだが、目を合わせるとそういうようなことをするのが昔の不良だった。最近の不良は——。

そう思った時。

少年達の後ろを、中学生らしき、やはり自転車に乗った少女達の集団が次々と通り過ぎて行った。あれも——。

——あれも不良なのか。

そうは見えない。学校が休みの日なのか。今日は土曜日か日曜日なのか。働いていないと曜日の感覚が鈍《にぶ》る。平日だと思い込んでいたのだが、違うのだろうか。

徳一は首を捻《ひね》った。

三人目の少年が顔を上げ、徳一の姿を訝《いぶか》しそうに見た。

少年は眉を顰《ひそ》め、それから仲間達と小声で合議《ごうぎ》を始めた。

徳一は身構えた。

いや、気分だけは身構えた——つもりなのだが、要は身が竦《すく》んだだけである。

中学生相手と雖《いえど》も、三人がかりでは敵《かな》うまい。

何しろ体力がない。腕力もない。年寄りなのだ。老人なのだ。衰えているのだ。若い頃から喧嘩《けんか》が弱いのだ。

平和主義者を装って七十数年生きて来たが、その実、単に臆病《おくびょう》で軟弱《なんじゃく》なだけなのである。

三人の少年は一斉に徳一を見て、それから。

自転車を漕《こ》いで去った。

——何なんだ。

いや。

もし今日が休日ならば、あの少年達は学校をサボった不良などではなく、無邪気《むじゃき》な一般中学生に他ならない——ということになるだろう。

一方徳一は不良どもに不審《ふしん》の視線を投げかける善良な一般老人ではなく、単に気味の悪い行動を執る挙動不審老人になってしまう。

——どうだったかな。

大事なことだ。

一般老人か挙動不審老人かの分かれ目である。それはとても大事なことだ。

大事だが。

確かめようがない。

——家に帰って新聞を見れば判るな。

そうしようかと思い、徳一はアパートの方に顔を向けた。

古くなったなと思う。モルタルの壁の罅割《ひびわ》れが蔓草模様《アラベスク》のようになって見える。越して来た時は勿論なかった模様だ。

一階の一番端が徳一の部屋だ。丁度樹木の切れ目から部屋の窓が窺《うかが》える。

燻《くす》んだ生成《きな》りのカーテンが半端《はんぱ》に開いている。

みっともない。

開けるなら開ける、閉めるなら閉める、どちらかにすべきであろう。

徳一は、カーテンの開け閉めだけはきっちりしている。朝起きたら先《ま》ずは全開にする。夕方六時になったら閉める。勤めていた頃は家を出る時に閉めた。帰宅するのが六時を過ぎるからである。退職してから暫《しばら》くの間、夏場だけは七時に閉めると決めていたのだけれど、いつの間にか六時に統一されていた。

とにかく部屋にいる間はきっちりしているのだ。

問題は、外出する時である。

徳一は、いつも迷うのだ。その迷いがあの半端具合に現れているのである。外出といっても、独居老人の外出など高が知れている。長くとも三十分程度で戻るというのに、カーテンを閉めるべきなのかどうなのか。留守宅を他人に覗かれてもいいのか。

覗かれるというよりも——。

自ら開陳《かいちん》しているのと変わりない。老人の住まいの内部が道に面して披露されているという状況は、通行人にとって不快なものではないのか。

だが。

それを言うなら徳一が中にいたって同じことなのである。

老人の住まいどころか、徳一は老人そのものなのだ。留守の方がいくらかマシというものだ。

それなら。

そうした迷いが、カーテンを半端に閉めさせ、また閉め切らせないのだ。

徳一は立ち止まり、繁々《しげしげ》と窓を眺めた。

——みっともないが。

内部は見えない。ガラスが白く光っている。見えるのはカーテンくらいだ。昼間なら曇っていたって裡《なか》は能《よ》く見えない筈だ。わざと覗こうと思わなければ見えはしないのだ。要するに凡ては杞憂《きゆう》、いいや、自意識過剰ということか。

つまり、カーテンの端を持って逡巡《しゅんじゅん》している徳一はただの滑稽《こっけい》な老人、老いさらばえた道化だった、ということだ。その結果、みっともなくなってしまっている。

唯一《ゆいいつ》視認性《しにんせい》の高いカーテンが半端なのだから。

揺れているのは徳一自身だ。

年寄りは、いや年寄りこそもっと堂々としていなければいけないのじゃないか。毅《き》然《ぜん》としていられないのであれば、年寄りの存在価値などないではないか。老いたる者は人生の先達として、人の規範《きはん》、進むべき先の道標《しるべ》であるべきなのだ。

そうなれないのであれば、無職の徳一など社会のお荷物でしかない。

そもそも軸のブレた行いばかりする連中を育てたのも徳一達の世代なのである。ならば今の子供達が難儀している現状を招いた遠因《えんいん》は、徳一達の世代にあるということになる。

まあ――。

遡《さかのぼ》れば切りがないのだが。

戦争をしてしまうような愚《おろ》かしくも厳しい時代があって、その反動のように開放的で生産的な時代が訪れて、それでいいのかと自戒《じかい》するような風潮になって、それもどうかというような世の中がやって来て、そして浮かれ驕《おご》って、膨《ふく》れ上がった経済が弾《はじ》けて――いつだって軸はブレていた。

――変わりはないか。

徳一は微妙な場所に突っ立ったまま、公園全体をぐるりと見渡した。

少しばかり昔を振り返ってみて、少しばかり大層なことを考えてみて、それで感慨《かんがい》に耽《ふけ》ったという訳ではない。自分はここで何をしているのか判らなくなってしまっただけである。

ブランコがある。

雲梯《うんてい》とジャングルジムは撤去《てっきょ》された。

犬だか豚だか、そういう置物がある。上に乗るのだ。

水飲み場があって、何に使うのか能《よ》く判らないコンクリート製の山があって、砂場があって、それから。

――ベンチだ。

あのベンチに座ろうと思ったのだ。だから寄ったのだ。

この公園に。

わざわざそこの道を曲がって。

どうしてそう思ったのかは思い出せない。ベンチに用事がある訳もないから、このままアパートに帰ってカーテンを開けるべきだろうか。あの有り様は、己の迷いを喧伝《けんでん》しているようでとても恥ずかしい。

いや、カーテンも大事だが、先ず新聞だろう。

新聞を見なければならない――のは。

――何故だ。

テレビ欄か。いや、テレビなど観ない。殆《ほとん》ど観ない。観ないから、もうその何とかというテレビを勧めないで欲しい。廉《やす》くなった廉くなったと言うけれども、大根や葱《ねぎ》じゃないんだから。

まったく、あの田中電気の若造め。

折角《せっかく》電球を買いに行ってやったというのに。

本当は昨日行くつもりだったのだが、のろのろしているうちに陽《ひ》が暮れてしまったのである。億劫《おっくう》になったのだろう。こんなではいけないと考えたから、今日こそはと心に決め、わざわざ行ったのだ。

便所の電球を買った。切れる前に買わねばと思ったのだ。

予備の電球まで買った。二つも買ったのだ。

――やっぱり早く帰るべきだろうか。

明るいうちに換えなくてはなるまい。

歩みが鈍る。

また迷っている。

というより、電球でもテレビでもカーテンでもなく、新聞が大事なんだという気がするのは何故だろう。新聞が大事だと思ったのは今さっきのことだと思うのだが。

それが思い出せない。

どうにもスッキリしない。

陰鬱《いんうつ》な顔つきで足取り重く人気《ひとけ》のない公園を行く老人というのはどうなのか。しかも平日の午前中である。挙動不審もいいところではないか。

挙動――。

不審か。そうだ。挙動不審だ。いや、自分が不審者かどうかの分かれ目なのだ。それは大事だろう。そのために――。

――そうだ。

そのために曜日を確認しようと思ったのじゃないか。

徳一は立ち止まりポンと手を打った。

その仕草こそが挙動不審なのだということに、徳一は気づいていない。

いやいや。

爽快《そうかい》な気分である。忘れていたことを思い出すのは実に気持ちが良いことだ。

徳一は北叟笑《ほくそえ》む。

よりいっそうに不審者である。

十歩ばかり軽快に歩いて、そして徳一は突然——不安に襲われた。不安といっても怖いとか儚《はかな》いとか心細いとかいう類《たぐ》いの不安ではない。不安は不安なのだと思うのだが、どちらかというと不満に近いような感情だった。

徳一は、こんなに気分好《よ》く振る舞っていてはいけないのではないかと思い始めていたのである。実のところ爽快な気分になってから何秒と経っていない訳で、実に短い春である。

しかし老人の場合、一年は短いが一秒は長いのだ。

とにかく——。

こんなにへらへらと機嫌良くしていて良いものかという疑団《ぎだん》こそが、徳一を襲った不満めいた不安の正体なのであった。機嫌良くしていて良い訳はないのだ。何故なら自分はついさっき、少年達に怪訝《けげん》な視線を投げかけられてしまったのであるから。

まあ、侮蔑《ぶべつ》的な視線には慣れている。老人は多かれ少なかれそうした眼差しに晒《さら》されて生きているのだ。

緩慢《かんまん》な動作に対する冷ややかな眼。

頑迷《がんめい》な思考や言動に対する嫌悪《けんお》の眼。

古臭い服装などに向けられた蔑《さげす》みの眼。

同情や親切心から発生したと思しき温かい眼差しとて、ひねて老いさらばえた身には蔑視《べっし》の一種として感じられてしまうものなのである。

だがこの度《たび》は違う。

あの、少年達の拒絶《きょぜつ》めいた訝しげな視線は――。

凡て徳一が悪い。

先に睨《ね》めつけたのは徳一なのだ。こちら側からしかけた以上、どんな仕打ちを受けても仕方があるまい。罪もない少年達に対し、まるで罪人でも見るような視線を投げかけたのは、徳一の方なのである。何もかも徳一の思い込みの所為《せい》なのだ。

自業自得だ。

悪いことをしたと思う。週の始まりの、しかも午前中から、無辜《むこ》の青少年達に嫌な思いをさせてしまったのだから。

週始め――。

「だよな」

徳一は独りごちた。

そう。

今日は平日、しかも月曜である。何故なら、ゴミを出したからだ。

この地区の燃えるゴミの収集日は、毎週月曜と木曜なのだ。独居老人はそんなにゴミを出さない。だから徳一の燃えるゴミのゴミ出しは週に一度だ。

一週間かけてきちんと、綿密に分別《ぶんべつ》し、週明けに出す。

燃えないものは火曜日、リサイクルゴミは水曜日である。この分別がまた面倒なのだ。燃えないだろうと思ったら燃えるとか、燃えるのに燃やさないとか、リサイクルできそうなのに罷《まか》りならんとか、実に煩雑《はんざつ》なのだ。

いや、お上《かみ》が決めたことなのだから、その方が良いのだろうとは思うが、突如《とつじょ》基準を変更されると戸惑《とまど》ってしまう。まあ燃えなかったものが燃えるようになったのは技術の向上、燃やしていたものを燃やさなくしたのは、何か不具合が出た所為なのだろうから、この場合は軸がブレているというような問題ではないことは承知している。

従って一介の独居老人が口を出すような問題ではないと思うのだが、どうも長年の思い込みというのは払拭《ふっしょく》できぬもので、間違ってしまうのである。

昨日も迷ったのだ。

古くなったカセットテープを捨てようと思ったのだ。どうも音が変になっているようなので能《よ》く見てみると、テープが黴《か》びていた。たぶん、黴だと思う。

最初はラジカセが壊れたのかと思った。

カセットテープはあまり使わないけれど、ラジオは必要だ。災害時などに頼りになるのはラジオだ。これは困った、また田中電気を儲《もう》けさせてしまうと一瞬は思ったのだが、ラジオの方は全然平気だった。

つまり原因はテープなのだと思い至り、じっくり観察してみたのである。

演歌である。二十年くらい前に、去年喉頭癌《こうとうがん》で死んだ同期の桜井が何故かプレゼントしてくれた、石川さゆりのテープである。徳一はあまり演歌を聴かない。だから一応礼は言ったものの、ずっと聴かないでいた。去年桜井が死んで、それで葬式の後に思い出し、捜し出して聴いてみたのだ。

まあ、何処となく懐かしかった。

とはいうものの、傷んでしまったのなら持っていたって仕方がない。記念の品とはいうものの、どうせ徳一もすぐに逝くのだし。どうしても聴きたいというようなものでもない。それに何だか未練たらしくも思えたから、処分しようと決めたのだが。

当然、燃えないと思っていた。

でも、以前ビデオやカセットは燃えるゴミなのよと、近所のご婦人に指摘されたことを思い出したのである。

——どっちなんだろう。

いまだに判らない。

結局捨てるのを止めた。邪魔なのだが。邪魔だから。

——しまった。

田中電気でそのことを尋《き》こうと思っていたのだ。すっかり忘れていた。忘れていたというより、尋く機会がなかったのである。あの小僧は新しいテレビだけでなく、携帯電話まで売りつけようとしたのだ。

何がお年寄りは持っていた方がいいですよ、だ。

電話なんか持って歩いてどうする。家にいたって年に何度かしか鳴らないのだ。いや、かかっては来るけれど墓石だの墓所だののセールスばかりだ。

——死ぬと思っていやがる。

自分の墓石を買ってどうする。そんなもの建てたって誰が参るというのだ。身寄りもないから要らないと言うと、だからこそ今の内に、などと言いくさる。建ててくれる人がいないなら余計ご自分でなどとほざく。

——やっぱり死ぬと思っている。

まあ、死ぬのだが。

死んだ後のことなど、どうでもいい。

いや、周囲の者に迷惑はかけたくないとは思うけれども、別に祀《まつ》ったり祈ったたりして欲しいとは思わない。

大体、徳一自体墓参りなどまず行かない。桜井の墓だって、一度も行っていない。

葬式法要の類いには出席するけれど、家族でもないのに墓まで押しかけるのは迷惑だろうと思う。

墓なんぞというものは、近親者が参るものだろう。

徳一にはその近親者がいないのだ。親戚連中など来る訳もないのだし。縦《よし》んば来て貰っても――。

――何と言うのかな。

こういう時にピッタリの言葉があったと思うのだが、思い出せない。若い者が能《よ》く使う言葉である。何だったろう。鬱陶《うっとう》しいとか、邪魔臭いとか、そういう――。

ああ違う。

何だったろう。

そうじゃない。そんなことはいい。

問題は――。

いや、だから、カセットテープは燃えるゴミなのかどうかという問題だろう。売っている田中電気なら知っていた筈だ。販売している以上、始末の仕方も熟知している筈ではないのか。いや、熟知しているべきである。

失敗《しくじ》ったと思う。予備の電球まで買ってしまったから、当分の間田中電気に行く用事はない。電池くらいしか買うものがない。

電池は、あまり減らない。

近頃は停電もないから懐中電燈の使用頻度も低い。押し入れの奥を見るような時しか使わない。たぶん、今年に入ってからは使っていない。最後に懐中電燈を点けたのは、そう、石川さゆりのカセットテープを捜した時だ。つまり桜井の葬式の後だ。

あの言葉は――。

――何と言ったかな。

その、五月蝿《うるさ》いとか、厭《いや》だとか、そういう。

だからそうじゃないのだよ。

徳一は再び立ち止まる。

中々進まない。まだ公園の中程である。

カセットも墓石も電池も関係ないのだ。

要は、今日が月曜日だということなのである。

ゴミを出した以上、月曜日であることは疑いようもない。勘違いでない証しに、他のゴミだって山のように出されていたのだから。

——ならば。

ならば何だというのか。

何か問題があるか。今日は月曜日で、ちゃんとゴミも出せたのだから——いや、カセットだけは残したのだ。あれは燃えるのか燃えないのか。

もしや。

ケースは燃えない、ケースの中の紙は燃える、カセットは燃えない、ラベルとテープは燃える、そういうことか。慥《たし》かにあのネジなんかは金属だから燃えないだろう。つまり分解しなければいけないのか。いや、テープを引き出せばいいのか。ラベルを剝《は》がすのは面倒そうだ。だが、まあそれは理《り》に適《かな》っているような気もする。

みんなそうしているのだろうか。

——そうじゃないんだよなあ。

何かズレてしまったように思う。抜歯《ばっし》の麻酔が効いたまま煎餅《せんべい》を喰うような心持ちだ。月曜日だから。

月曜日だからか。

まあ、大したことではないのだろうと思う。

しかし、そうした細部を明確にしておくことこそが年寄りの暮らしには重要なのだと徳一は思う。残された時間は少ないのだから——。

——これは最前も考えたことだ。

そんなことを考え乍《なが》ら、徳一は公園の入り口を通り過ぎたのではなかったか。

そう思い至り、振り返ってみて、その一連の動作が徳一の記憶中枢《ちゅうすう》を刺激した。

——サボっていたのだな。

あの自転車に跨がった少年達は。

そしてあの、通り過ぎただけの少女達も。

ならば徳一は不審者ではない。正義の人だ。少年達には睨《にら》まれるだけの理由があったということになる。学校をサボって公園に屯《たむろ》しているような輩《やから》には、睨まれたって文句を言う資格はないだろう。いいや追及してやったところで抗弁などできまい。警官に補導されたっていいくらいではないか。

ならば躊躇せずに声をかけ、叱ってやるべきだったのだ。何故迷ったのだろう。齢をとって気弱になっているのか。

いや。

自信がないのだ。

若い頃からそうなのだ。臆病で軟弱なのだ。

どうも、迷いがある。だからカーテンの閉め具合も半端だしカセットテープも捨てられないし、捨て方を田中電気に尋くこともできないのだ。

複雑な心境だ。

徳一は間違ってはいない。

いないが、一歩踏み込みが浅い。

その踏み込みの浅さが、徳一の人生を面白味のないものにしてしまったのだろう。もう一歩踏み込めば事態は変わっていただろうに。そういう局面は何度もあったではないか。

——慎重なのだ。

そう思おう。慎重なのだ。踏み込んで失敗するよりずっといいではないか。信号が黄色なら止まるべきなのだ。それが分別《ふんべつ》というものだろう。行けると思って踏み込んで、命取りになることだってあるのだから。

それにしても。

——あの少年達はけしからん。

不良でなくたって不真面目だ。学業を疎《おろそ》かにして遊び耽るなど、以《もっ》ての外《ほか》だ。中学校といえば義務教育ではないか。国民の義務を放棄するなど、許されることではない。

義務を放棄した者は権利を主張することもできなくなる。そうであるべきだ。

それなのに。

あんな眼で人を見て。善良な老人を。あんな、まるで――。

――何と言ったかな。

こういう場合に相応《ふさわ》しい言葉だ。それが思い出せない。

思い出せないのだ。若い者が使う言葉だ。

キモいでも、ヤバいでもない。

うざったい――。

――それかな。

うざったい。そうかもしれない。

ちょっと違う気もする。だが、正解のような気もする。

こればっかりは確認のしようがない。自分が出した問題なのだから、自分が答えを知らなければどうにもならない。誰も正解を知らないのだ。

――うざったいだったかなあ。

意味は通る。それは、鬱陶しいとか迷惑だとか邪魔臭いとかそういう意味だ。語感も極めて近い――気がする。

いいんだ。きっとそれで。

漸《よう》くベンチが見えた。

黒く変色した木製のベンチである。

徳一が越して来た頃は、まだ白かった。

後ろには植え込みがありその向こうには砂場がある。

あそこで――。

オジいサンと呼ばれたのだ。

だから何なんだ、という話ではあるのだが、何となく行ってみたかったのだ。

ベンチには先客がいた。

近所の年寄りである。名前は――。

名前は何だっただろう。

見かける顔だ。見かけるというよりも馴染《なじ》みと言うべきか。もう何十年と住んでいるのだから地域住民の殆《ほとん》どは見覚えがある。見覚えはあるのだけれども、果たして何処の誰だったか、それより先に名前は――。

老人は下を向いて、何やら電卓のようなものを人差し指でつついていた。表情はえらく暗い。

徳一にはまったく気づかぬようだった。

薄くなった白髪《しらが》を撫で付け、年寄りらしい地味な服にサンダルを履いている。

蟹《かに》のような顔である。年齢は徳一とあまり変わりないだろう。

さて、この爺さんの名前は何だったか。別に名前が思い出せずとも構うことはないとも思うのだが。挨拶《あいさつ》くらいはするだろうが、話をする気はない。

話すこともない。

見知ってはいるが、親しくはない。

でも、何となく気まずい。どうも尻の据わりが悪い。

まだ座っていないのだが。

――このまま通り過ぎようか。

通り過ぎて裏から抜けて、公園の周囲をぐるりと回ってアパートに戻る――というのは、どうにも効率的ではない。引き返した方がずっと近い。しかし、ここで引き返すというのは更に不自然である。幾度か立ち止まったものの、徳一は真っ直《す》ぐベンチを目指して歩み、そしてここに至ったのである。誰がどう見ても、徳一はベンチに向かっていたのだ。よもやこの年寄りが砂場に向かっていると思う者はいるまい。ならば、ベンチを目前にして引き返すのはおかしい。まるで、この名前を思い出せない爺《じじい》が厭で引き返したみたいに見えるだろう。

見えるだろうって――。

誰か見ているとでもいうのか。

幸い、当の本人は何かに夢中で気づいていない。徳一がこのまま踵《きびす》を返そうと、不審には思うまい。

徳一は、そこでまたぞろ公園を見回した。

入り口に立った時はまるで人気《ひとけ》がなかったのだが——。

——いる。

いるじゃないか。乳母車《うばぐるま》を押す主婦。そして数名の幼児。清掃員。

いつの間に現れたのか、五六人はいる。

——参ったな。

これでは引き返せまい。

ここで逡巡《しゅんじゅん》するのがいかんのだと思い、徳一は意を決してベンチに近づいた。

「失礼」

今日、初めて口を利いたようなものだ。

だから声が掠《かす》れた。名前の判らぬ老人はちらと一瞬顔を上げ、ああというような声を発した。やはり掠れていた。

これなら大丈夫だろうと徳一は思った。老人はすぐに視線を手許《てもと》に落としてしまったからである。徳一のことなど気にもかけていない。

ベンチに座った。

何だかほっとした。

徳一の部屋の窓からはこのベンチが見える。だが、ベンチに座ってしまうと部屋は見えない。部屋の方を見ようとするなら顔を横に向けなければならない。

横を向くと、あの名前の判らない爺さんに顔を向けることになる。

さてどうしようかと思ったその時。

「あのアパートの人ですな」

と、爺さんが言った。

「はあ――」

と、答える自分も爺さんだろうと徳一は思ったのだが、名前が思い出せないのだから爺さんと思うしかない。

「能《よ》くお見かけしますが。あ、失礼、私は権藤《ごんどう》といいます」

「はあ」

すると。

初対面か。いや、初対面じゃないのだ。もう対面自体は何十年も前に済んでいるのだ。この場合何と言えばいいのか。

権藤は、ずっと徳一を見詰めている。どうするべきなのか。いや、考えるまでもない。何を慌《あわ》てているのだろう、自分は。

「益子といいます」

益子さんですかあ、と権藤は歌うように言って、妙なものですねえ、と続けた。

「こんなに長くこの辺に住んでいて、何度も何度もお会いしているのに、今日初めて名前を知りました。まあ、あなたはお勤めだったのでしょうし、私は家業がありましたから、引退してからの方が顔を合わせる機会は増えたように思うが」

「家業——」

肉屋ですよ肉屋、と権藤は言った。

「コロッケ揚《あ》げてたんですよ。一昨年《おととし》まで」

「ああ、権藤精肉店の」

こいつ、肉屋の親爺だ。

徳一は肉はスーパーで買う。だから肉屋には行かない。ただ稀《まれ》に総菜を買いに行くことがある。一年に数回だが。権藤精肉店のコロッケは大層美味《うま》いのだ。

「コロッケ、美味いですなあ」

「もう止《や》めました」

「お止めになった」

「私が止めたので、コロッケも止めです。まああまり評判が良くなくって、息子は止めたいとずっと言ってましてな。今は、肉だけですよ」

「美味かったけどなあ」

揚げたては何でも美味く感じますよと権藤は言った。

「コロッケと一緒に私も廃棄《はいき》です」

「廃棄とはまた」

仕事ができなくなったらねえ、と言ったきり語尾を濁《にご》し、それから権藤は、いきなり手にした電卓のようなものを徳一に向けた。

「ええと、益子さん、お恥ずかしいことを尋くが、あんたこれ判りますかね」

「これ？」

それは、携帯電話だった。

携帯電話ですかと言うと、メールですメール、と権藤は返した。

意味が能《よ》く解らなかった。

「メールが——打てんのです」

「はあ」

まだ解らない。

「これが、まあ見ることはできるんだが」

「何を——」

ああ。

近頃の携帯電話は文書をやりとりできるのだ。打つ、というのはそのことだ。たぶんワープロを打つようにダイヤルを打つのだろう。いやいや、勿論それはダイヤルではなくてボタンなのだと思うが、徳一にとって電話に付いている数字はいまだにダイヤルなのだ。田中電気から買った家の電話もプッシュ式だからダイヤルなんか付いていないのだが——でもダイヤルだ。勿論ボタンは回せないが、プッシュホンというくらいだから、打つではなくて押すが正解だろう。

「打つのはね、まあ打てないこともないんだけれど、どうやっても送れない。送ったつもりでも、何も書いてなかったりするらしく、書くと送れない。これ、何がいかんのでしょう」

「いやあ」

お手上げだ。

まあ、徳一だって在職中にはパソコンを触《さわ》ったことぐらいあるし、ワープロも打っていたのだ。覚えればまあ簡単だった。今だって打てる。だが、電話を打ったことはない。

この表現は何だか変だと、自分でも思うのだが。

「僕は、そういう電話は持たんものだから」

「ああ、そうですか」

権藤は少し残念そうだった。

「字が細かいんだなあ。まあ、それでもこれは老人向けで大きいらしいですが、見慣れてないんだなあ」

コロッケだから、と権藤は言った。

「帳簿付けるのは嫁だしね。後は息子がするから、日頃からまず字なんか読まなかったもんだからねえ」

「揚げる一方ですか」

「揚げる一方でしたなあ」

「もう揚げないんですか」

「もう揚げないんですよ」

残念だ。

そんな気がした。

「その、電話は便利ですか」

「使わないですよ。電話は」

「使わんですよねえ」

使わない。家にある電話だってあまり使わないのだ。折角留守番機能が付いたプッシュ式テレフォンを買ったというのに、まるで活用していない。

そもそも、録音したメッセージの消し方が判らないのだ。墓石のセールストークすら消せずに残っている。溜まる一方で消せないから、徳一は外出時に留守番メッセージ録音機能をセットするのを止めてしまったのである。

説明書を読んでも消し方は能《よ》く判らなかった。弄《いじ》っているうちに墓石の営業電話が再生されてしまい、何度も厭な思いをした。他人の留守中に電話して来て、それだけでは飽き足らずに墓石の宣伝をするなど、もう何をか言わんやだ。

――死ぬと思っているのだ。

まあ、いつかは死ぬのだが。

徳一が請求される電話料金は、だからいつも基本料金程度の額である。

電話は要らんですよ、と言った。

「家の電話も要らんくらいで」

「そうねえ。ケイタイがあればねえ」

「携帯は――」

要るということなのか。

と、いうか携帯電話は電話ではないのだろうか。電話と呼ばず、携帯の方を略称にするのは、その所為《せい》なのだろうか。

携帯という言葉は帯に携える――身に付けて持って歩くという意味である。

携帯を持って歩くというのは、もう言葉として破綻している。おかしいとかいう以前に、狂気の沙汰《さた》だと思う。持って歩くを持って歩くのか。

ダイヤル式だろうがプッシュ式だろうがコードレス式だろうが、電話は電話なのであって、悉皆《しっかい》そうしたものは電話と呼ばれる。携帯できる電話だけ電話と呼ばれずに携帯と呼ばれるのは明らかにおかしい。特別視されている。

――これは、あれか。

ソーイングマシンのマシンの部分だけが切り出されてミシンになったようなものなのか。ミシンとは、縫製《ほうせい》機械の機械の部分が俗語化《ぞくごか》した呼称なのだと聞く。

だが。

何時代なのか詳しくは知らないのだが、ミシンが使われ出した頃、外国語はまだ耳慣れぬ言葉であった筈だと徳一は推察する。どの部分が何を示すか、誰も知らなかったのだろう。

加えて、一般にミシン以外のマシンなど、あまりなかったに違いない。だから機械といえばミシン、というような状況は容易に考え得ると徳一は思う。

一方で携帯電話は上から下まで立派な日本語じゃないか。携帯も電話も、両方通じる。そもそも携帯が電話の説明なのは明白なのであって、本体はあくまで電話の方だろう。主が電話で携帯は従だ。

携帯イコール携帯電話と言い張ることは、携帯できる凡てのものに対する冒瀆《ぼうとく》だ。携帯灰皿だの携帯テレビだの携帯座椅子だのの立場がない。

それに、ミシンをかけて——というのを、機械をかけてに言い替えても、一応意味は通じる。手縫いではなく機械にかけて縫うという意味になるだろう。

一方、携帯を携帯するは、もう完全に意味不明となる。

だから徳一は、したり顔で携帯電話を勧める田中電気をどやしつけてやったのだ。大体電話は電化製品じゃないだろう。その昔は電電公社で扱っていたのだ。と——いうか、留守番電話だって田中電気で買わされたのだ。

しかし。

もしかしたら、ケイタイというのは電話ではないのかもしれない。

そういえば写真も撮れるらしい。テレビも観られるのだとか言っていた。

写真はともかく、テレビは嘘だろうと本気で思った。調子に乗れば洗濯も掃除もできると言い出すのではないかと思った程だ。

総合電化製品か。

調子が良過ぎるぞ田中電気。

「あなた、ケイタイが」

お嫌いな口ですかねえ、と権藤が言った。

「嫌いというか」

「私も嫌いだったです。何だか縛られるようで厭だって、老人会でも評判が悪くってね。紐《ひも》で繋がれてるみたいだってねえ。まあ、年寄りは新しいものは大抵ダメだとかイヤだとか言うもんですが、コロッケ止めてから、息子が持てと言うんですよ。危ないからねえ」

「危ないとは」

「いや、時間が自由になるから、色々出歩くでしょう。私んとこは女房も死んじまったし、もう一日やることがないから、まあ、散歩したりしますしね。転んだ、事故に遭った、急に具合が悪くなった、そういう時にね、これで連絡しろと言う。ほら、もう公衆電話というものがないですからねえ。往来《おうらい》の人も最近は薄情でしょう」

「でも、そんなことはありますか」

「あるでしょう。私は七十五ですよ。もう、心臓も何も弱ってますからね。何処でどんな風にポックリ逝くか」

「ポックリ逝ったら電話はできませんな」

「いや、最近のこれは、何だかということをすれば居場所も判るらしいですしね」

「い、居場所が？」

　そんな恐ろしいものなのか、この電話は。

いや、ケイタイは。

――いや。

田中電気もそんなことを言っていた。

ほら、急に具合悪くなったりしたら困るでしょ――。

いざとなったら私が行きますよ――。

だから持ってた方が――。

何で電気屋なんぞに居場所を知られていなくてはならんのだと徳一は答えたのだ。

何処にでも押しかけて、テレビを売りつけようというのか。そもそもどうして電話を持っていると他人に居場所が判るのだ。

それも与太《よた》だと思った。

「それは、その、レーダーのようなものですか」

「レーダーでしょうねえ」

権藤は手に持ったそれを繁々《しげしげ》と眺めた。

手帳くらいの大きさしかない。しかも軽そうだった。

「衛星なんですかなあ」

「衛星――」

徳一は天を仰ぐ。まだ曇っている。

人工衛星のことか。そんな、軌道《きどう》上のものまで関係あるというのか。

でもそんなことはどうでもいいんですわ、と権藤は言った。

「何処からでも電話ができりゃ便利だし、まあ、居所が判るとかいうのも安心といえば安心だけどね。でもこれは老人用だから写真なんかは撮れないし、何とかちゅうものにも繋がりませんわ。繋がるのかもしれないけど、判らん。使えない。必要ないですわねえ。でもねえ益子さん」

「はい」

孫がねえ、と権藤は言った。

「お孫さんですか」

「孫が教えてくれよるんですわ」

「何を」

「ケイタイを」

「はあ」

やはりそれは電話ではないのだ。電話を教えるというのはおかしい。年寄りと雖《いえど》も電話知らずの古代人ではないのだ。教える教えられるという関係が成立する以上、その平べったい小さな機械は、電話ではなく——。

ケイタイなのだろう。

「それまで——まあ、小さい頃はねえ、じいちゃんじいちゃん言ってくれましたがなあ、育つに連れて、だんだんこう、何というんですかな」

それは、その。

——アレだ。

「アレですな」

「アレです。ええ、う」

ウザイです、と権藤は言った。

「それだ」

鍵がピタッと嵌《は》まってかちゃっと回ってすっと扉が開いたような感覚だ。徳一は権藤の手を握って感謝の意を表わしたいくらいの気持ちだったが、勿論そんなことはしなかった。

「ウザイ——ですな」

「ええ、まあウザイですわ」

「お孫さんがそんなことを?」

「まあ言いますよ。知恵がついてくればね。それで、ウザイとか言い始めて、中学になってからは口も利かんようになってしまってね。それが、ケイタイ買ってからですわ。これこれこうじゃと、まあ親切に教えてくれる」

「感心ですな」

「まあ、ぶっきらぼうですし、口の利き方なんかはぞんざいなんですが、話はしてくれるんですな。あれ、最近は親とも口利かんのに」

「はあ」

要するに何ですか、と権藤も天を仰ぐ。

「断絶とか何とか謂いますけど、共通の話題、というのですかな。それがないだけなんですなあ。ほれ、いちいちね、説明して話すのは面倒でしょう。同じ世代なら説明が要らんのだから。解ってない者に話するのは億劫《おっくう》ですな」

「まあ億劫でしょう」

「でも、まったく何も知らんから一から教えてくれということになれば、それはまた別で。半端に知ってたり、同じものを別の観方《みかた》してるような場合よりも、ずっと良いようですねえ」

「別の観方ですか」

あなたお孫さんはと尋かれた。

「僕は独身です」

「おや」

そりゃお淋《さみ》しいでしょうと言われた。

「まあ、ずっと独りですから」

気楽なものですと答えた。

「だからその——ケイタイも要らんのですよ」

「まあねえ。そうでしょうなあ。私も独りならこんなものは持ちませんわ。でね、このメールというのがね」

「メール、ですか？」

手紙、という意味だろう。

手紙なら、電話とは相容れぬものの筈だ。

電信は郵便を脅かす存在ではなかったのか。遠方の者に何かを伝える手段という意味で両者の用途に大差はない。電話の登場で手紙の立ち位置は大いに揺らいだのではないのか。競合する天敵同士が時を経て手を結んだというのか。電話で手紙が送れるなら郵政事業の今後はどうなるのだ。

それは、電報のようなものなのか。

「メールというのは」

尋けない。

「これだとね、孫が妙に優しいんですわ」

「優しい？」

「いや、実際に口を利くとね、言葉遣いもぞんざいで、呼びかけもないですよ。いつだってぶっきらぼうでぶすっとしてるんだけども、メールですとね、じいちゃんと書いてくれる。まあ他に書きようもないんでしょうがね。まさか爺さんとかジジイとは書けないだろうし、源吉《げんきち》さん――あ、私、源吉というんですが、そうとも書けないでしょう。だから普通なんだけど」

じいちゃんと呼びかけられるとねえ。

ああ。

その気持ちは、少しだけ解る。

「だから返事を書こうかと、まあ、思い立ったんですわ。でもねえ。ちゃんと習ったんだけども、どうしても覚えられんのですわ。そもそも字を打つのが一苦労でね。このコロッケばかり揚げた指が、どうにもこの細かいボタンに馴染まんのです」

慥《たし》かにごつい指だった。

独りだと不便はないですかと権藤は尋いた。

「不便はないです」

「お食事もご自分で？」

「ええ。何度もコロッケのお世話になりましたが」

不味《まず》かったでしょうと権藤は言った。

「評判が悪くって」

「美味かったですがな」

不味いんですよと権藤は繰り返す。

「今の味に合わないのかなあ。二十年くらい前は、それこそ中学生なんかがね、学校帰りに買い喰いしてくれたもので、学校で問題になったこともあるんだけども。止める前はね、もう若い人は誰も買ってくれなくて。ほら、バーガーとか、ああいうのがあるから。駅前に」

「あれはパンでしょう」

コロッケと比べたことはない。

「持って歩いて喰うもんですよ。一緒です」

「ああ」

総菜という感覚ではないのか。

「スーパーのコロッケもあるしね」

「あれは種類こそ多いが、お宅の方が美味かった」

徳一は何故だか断言した。

別に確証があった訳ではないのだけれど、朧《おぼろ》げな舌の記憶がそうだと囁《ささや》いていたからだ。実際、揚げたては美味かったと思う。

正直にそう言った。

いやいやありがとうと権藤は頭を掻いた。

「素直に礼を言いますが、まあ、失礼だけれど益子さん、同じくらいでしょう、私と」

七十二ですと言うと、私は五ですと言われた。

「コロッケ五円、メンチはご馳走《ちそう》、そういう世代で」

「五円でしたかなあ」

能《よ》く覚えていない。

「もう古いんですよ、我々は」

「まあそうなんでしょうなあ。しかし、美味いもんは美味いと思うが。もう――揚げないのですか」

揚げませんと権藤は言う。

「まあねえ。揚げなくなるとヒマなんですわ。老人会も――あなたはお見かけしないが、まあ色々と人間関係が面倒で、あまり頻繁には行かないんですわ。だから、家でごろごろテレビ観て、それで飯喰って寝るだけですからな。家事をやると、当てつけだと言って嫁が怒るしね。本当にヒマですわ」

「ヒマ――ですな」

やることがないのが普通だと徳一は思っていたから、あまり意識したことはなかった。だが、やることがなければそれは即ちヒマなのだ。やることがない状態こそをヒマと呼ぶのだろう。

「今日はね、ほら、そこの、熊滋《くましげ》中学校が開校記念日でお休みでしょう」

「ああ、そうねえ」

――え？

「お休み――なのですか」

「連休ですよ。三連休。で、孫はキャンプに行っちゃったんですわ。キャンプ先からメールが昨日届いてね、返事を書こうと思って四苦八苦、そういうことです」

ヒマ潰《つぶ》しには丁度良いがねと権藤は言って、もう一度ケイタイを覗き込んだ。

「この、送信、を押せばいい筈なんだがねえ」

「送信を押すと」

「孫に届くんですわ。私の書いた文が」

「はあ。なる程」

これはもう、電話ではない。

「ファックスのような」

「紙は出ませんわ」

「いや——その、そうだ、パソコン通信とか」

そういうのはあった。徳一の現役時代にも。通信というから無線電話のような印象を持っていたのだが、あれも慥《たし》か文書を送るのだ。

近い近いと権藤は言った。

「それはコロッケ屋でも聞いたことがあります。きっとそういうものでしょうな。まあ、コロッケ揚げるのにコンピューターは使いませんわ。ファミコンとかもやらんでしょう私らの場合」

「それはゲームですな」

さっきの中学生もゲームをやっていたのだ。

あれも携帯できるゲームだ。ケイタイの仲間なのだろう。

——待てよ。

「中学はお休み——なんですな」

「休みですな。中学生がうろうろしてるでしょう」

「そうですか」

なら不審者だ。

不審者決定だ。

自分は立派な挙動不審老人だ。

何もかも徳一の思い込みだ。

不良だなんて、濡《ぬ》れ衣《ぎぬ》じゃないか。あの少年達は、無実だ。

徳一は頬を攣《つ》らせて下を向いた。物を知らないというのは実に困ったものだ。まったく穴があったら入りたい。

——近頃の年寄りは。

徳一は権藤を横目で見た。

この老人は、幸福なのだろうか。

強がっているけれどコロッケが揚げられなくなってさぞや淋しいのだろう。

でも、孫のメールがあるから、まあ幸福なんだろうな。

自分はどうだ。

失うものも、そんなにない。

だから別にいいんだけれど。

不審者でもいいんだけれど。

ウザイ老人でも一向に構わないのだが。

「若い者にとって年寄りは——ウザイものですかね」

「年寄りじゃなくてもみんなウザイでしょう」

「みんな？　世の中のもの全部ですか？」

そんな感じですよと権藤は言った。

「それに、そう思うのは若い人に限ったことじゃあないのと違いますか。年寄りだってウザイと思うでしょうよ。あなたは思わんですかな。私なんか、老人会の連中や親戚連中がウザイと思うことがあるしねぇ」

権藤は下を向き乍《なが》らそう言った。

まあ、そうだろう。

親戚が自分の墓参りに来たらウザイだろうと、徳一も思ったのだし。

「まあ、お互い様ですわ。ウザイと思ったり、思わなかったり。そのぐらいで人間丁度いいんじゃないですかなあ。憎んだり馬鹿にしたりするのとは違いますよ」

「ああ」

そういう感情とは違うのだなあ、ウザイは。

「お互い様ですからねえ」

「そういうもんですかな」

「そういうもんでしょう」

田中電気もケイタイ買ったらメールをくれるのか。徳一にメールは打てるのだろうか。いや、あんなお調子者からそんなものを貰っても、嬉しくはないだろうさ。

送れた、と権藤が声をあげた。嬉しそうだ。

「送れたですか」

じゃあ孫に着いたのか。そうか。

何だか——。

徳一も嬉しくなった。

七十二年六箇月と3日

午前9時50分～10時42分

オジいサン――。

と、呼ばれたのは、高だか一週間くらい前のことなのだ。

新聞を読み乍《なが》ら、益子徳一はそこのところに気づいて、やや愕然《がくぜん》とした。

――先週の水曜日だ。

今日は火曜日である。

間違いない。小雨《こさめ》降る中、燃えないゴミを出したのはつい先程のことである。大して降っていないと高《たか》を括《くく》り、傘も差さずに家を出て、戻ったら結構濡れていた。濡れた頭はタオルで拭いたが、シャツはまだしっとり湿っている。

屋外にいた時間は精々《せいぜい》三分以下だと思う。思ったより降っていたのだ。

頭を拭いたタオルも目の前にあるし、シャツは今も湿ったままなのだから、それはまさしくついさっきの出来ごとなのである。そもそも、可燃ゴミか不燃ゴミか迷った挙げ句、結局出さなかったカセットテープが新聞の横に置かれているのだし。

喉頭癌《こうとうがん》で死んだ桜井がくれた、石川さゆりのミュージックテープである。黴《か》びてしまったのだ。これは――。

燃えるのか。

燃えないのか。

一度は、分解して可燃パーツ不可燃パーツに分別するのだろうと判断し、螺子回《ねじまわ》しまで持ち出したのだが。

挫折《ざせつ》した。

螺子の十字穴が小さ過ぎるのだ。

というか、螺子自体が小さい。こんな細い螺子回しを徳一は所持していない。規格がまるで合わない。抽出《ひきだ》しを探って、わりと細めのマイナス螺子回しを発見したのだけれど、それでも太かった。しかもマイナスである。

結局ごりごりしているうちに溝《みぞ》を潰《つぶ》してしまったのだ。

そして、これは違うと徳一は思ったのである。

カセットテープなどというものは、何処《どこ》の家庭にだってあるもんだろう。

今はもう何とかいう他のものに取って代わられてしまったようなのだけれども、それでもカセットテープが家庭内の鳴る機械として天下を取っていた期間というのは長かった筈《はず》だ。

その昔、鳴るものといえば、ラジオか、蓄音機だった。

いやいや、ラジオはともかく、蓄音機なんてものは喫茶店にしかなかったと思う。

あったのかもしれないが、徳一の身の周りでは見かけなかった。

それがやがて家庭に進出してきた訳だが、ステレオレコードプレイヤーなんぞというものは、もう最初っからハイソな存在だったのだ。テレビ以上に場所をとる。スピーカーだの何だのが分離してからは、もっと場所をとるようになったのではないか。

そのうえ何処かしら高尚な感じがした。

しかも、レコードは鳴らし専用だ。ラジオもそうだ。

まあ、そうはいっても、昔は何かを録音しようなどと考えること自体なかった訳だし、何かを録音しなければならぬような状況というのもまた、一切なかったのだけれども。

大体、録音なんぞという行為は一般的なものではなかった筈なのだ。

それは極めて特殊な行為だったのではないか。

特殊なのであるから、特殊な機材が必要だったのだ。

音声を録《と》るための機械といえば、ごついオープンリールのテープレコーダーしかなかった訳だし、そんなものはそれこそマニアか業者か金持ちしか持っていなかったのである。

だからこそ小さくて安価で使い易いカセットテープレコーダーの出現は画期的《かっきてき》だった――んだと思う。

何たって、録音できるし鳴らせるし場所もとらないのである。

だからこそ物凄く普及したのだと、徳一は睨《にら》んでいる。

みんな買ったのだ。

便利だから必要だからというよりも、それまで手に入らなかったハイソでマニアでテクニカルな何かを、それはもう簡便《かんべん》に入手することが叶《かな》うという点に心が動かされたのではないか。

録音の需要があって録音機が普及したのではなく、録音できる機械が普及した結果として録音するという特殊な行為が一般化したのではなかったのか。いや――徳一の認識では確実にそうなのである。

大体、音楽など殆《ほとん》ど聴かない徳一だって持っているのだ。しかも使えていたのだ。

それ程興味もなかったというのに。

録音だってしたことがある。

まあ、試しにしてみただけなのだが。

いや、今はどうだか知らないけれど、その昔、電気屋の店頭にはただのラジオよりもラジカセの方が多く並んでいたのである。

そもそもラジカセは、カセットテープレコーダー付きラジオではなく、ラジオ付きカセットテープレコーダーの略なのであろう。ラジオの方が付属物なのだ、ラジオはオマケだったのである。

徳一は専《もっぱ》らラジオだけ聴いていた訳だが。

しかし、徳一なんぞが使っているくらいなのであるから、それはもう、ラジカセなんぞというものは何処の家庭にだってある常備品なのではないか。現在は使っていなくとも、あることはあるだろう。棄ててしまったとしても過去にはあった筈だ。ステレオセットにだってカセットテープデッキとやらが標準装備で組み込まれていたのである。いいや、自動車にさえ搭載されていたのである。

だから。

カセットテープの一本や二本は必ずや何処の家にもある筈だと徳一は考える。いいや、一本二本では済むまい。押し入れの奥やら抽出《ひきだ》しの奥やらを探したならば、十本でも二十本でもザクザク出てくるに違いない。下手《へた》をすれば百本二百本という家もあるだろう。

録音できるのだから。

したろう。若い者は。好きな曲やら、自分の声やら。

でも、今はもうカセットテープは使わなくなったらしい。

技術の進歩に伴って、仕様が変わってしまったのであろう。何を鳴らすのか、何に録音するのか、徳一は知らない。どうせケイタイのような小振りなものなのだろう。

――ケイタイなあ。

あれは要るのだろうかと徳一は考える。

いや、そんなことはどうでもいいのだ。

カセットテープだ。

全国のご家庭に山のようにあるのだろうカセットテープだ。

――使わなくなったのだろう。

使いたくとも使えなくなったのかもしれないが。

使えなくなったのであれば、不用品であろう。その不用品が家庭の隅々《すみずみ》に山のように紛《まぎ》れている――ということになる訳であろう。

ならば、捨てている筈だ。

みんな捨てているに違いないではないか。

あっちでもこっちでも捨てているに違いない。日本中全国各地で毎日毎日、それはもう捨てられまくっているんだと思う。

カセットテープは。

そうすると――。

各家庭で連日連夜、逐一《ちくいち》カセットテープの分解作業がなされているとは考えにくいのである。

だいいち、あんなに細い螺子回しが家庭の常備品である訳がないだろう。最近の螺子はみんなあんなに細いのか。そんな訳はない。去年、押し入れの棚を補強するために買ってきた木螺子は昔乍《なが》らの太さだったと記憶している。手持ちの螺子回しの規格にピタリと合ったのだ。徳一の螺子回しが時代遅れな訳ではない。

それに、ラベルも剝がせない。べったり貼り付いている。薬品でも使わぬ限り、綺麗に剝離《はくり》するものではない。カセットテープのラベル剝がし用薬品なんぞというものは、スーパーにも薬局にも売っていない。

と、思う。

だから違うのだ。この捨て方は。

徳一は、そう結論づけた訳である。

きっと、もっと簡単に廃棄できる筈なのだ。この――。

――カセットテープは。

徳一は新聞の横に放置してある石川さゆりに視線を投じた。

捨てるな、ということなのか。

桜井の形見である。聴けなくとも、記念品的なものではあるだろう。

しかし、何故に石川さゆりなのだろうか。

徳一は演歌を殆ど聴かない。演歌に限らず音楽に対して興味を持っていない。

それは桜井も能《よ》く知っていた筈だ。

これはつまり、桜井がさゆり嬢が好きだったということなのだろう。自分の好きなものを知らしめたかったのであろうか。

それとも、もしや徳一にも好きになって欲しいという彼の意思表示だったのかもしれぬ。啓蒙のつもりだったのか。

そうであったなら。

――悪いことをした。

貰ったはいいが、徳一はまるで聴かなかったのである。しまい込んでずっと忘れていたのだ。聴いたのは桜井が死んだ後のことである。

死んでしまったのだなあ。

もう桜井の真意は質《ただ》せないのだ。

これは――。

悲しむべきところなのだろう。

悲しむというか感傷に耽《ふけ》るべきところなのだろうと思う。親しかった友の死を想うのであるから、そうあるべきシチュエーションなのだろう。

でも、悲しくはなかった。

もう二度と話ができないと思うと淋《さみ》しくもある。あれやこれや想い出せば懐かしくもある。でも、悲しいという気持ちには、どうもならない。

感情が擦り切れているのか。

七十年も生きていると擦り切れもするだろう。

自分は人として終わりかけているのかなあ、などと徳一は思う。こちらの方が余程感傷的な心持ちであろう。しかし桜井に関しては、淋しさと懐かしさしか涌《わ》いてこない。それは感傷とは違う。悲哀でもない。

諦観と、そして懐古である。

——そうか。

淋しさというのは、未来に於《おい》て桜井にはもう二度と会えないという事実に起因《きいん》する感情であろう。懐かしさというのは、過去に於《お》ける桜井との記憶に依《よ》って喚起される感情だと思う。

つまり、未来と過去には反応するが、現在が抜けているということなのだろう。いまがないのだ。

——いま、なあ。

今、徳一は、まあ慥《たし》かに、何てことはない。

昨日や一昨日《おととい》や一昨昨日《さきおととい》と同じく、取《と》り敢《あ》えず徳一は生きている。

生きていて、キッチンに設《しつら》えたテーブルで新聞を読んでいる。

どうということはない。苦しくもない。辛くもない。運動量が少ない所為《せい》かあまり腹も空かない。老眼鏡があるから字も読める。困ってはいない。

別段嬉しくもないが、普通に、平凡に、ただ生きている。

そんなものなのだろうなあ、と思う。

桜井には悪いけれども。

映画やらテレビドラマやら、小説やら、そうした作り物の世界ではこうしたどうでもない日常は描かれることがない。だから、映画やテレビドラマや小説の登場人物達は、怒ったり悲しんだり泣いたり喜んだりしてばかりいるのだ。

実際はこんなものだ。逝ってしまった友に対する哀悼《あいとう》の意は心中にちゃんとあるのだけれども、徳一の場合、日常の中に深刻な悲しみが染み込んで来ることはそうないのである。

——遠いんだよな。

昨日も遠い。

そして明日も遠い。

今この時の一秒一秒が長い。

何もないこの今が、長い。

——でもなあ。

そこで徳一は首を捻《ひね》った。

慥《たし》かに、することのない一分一時間は長い。だが独居老人の一日は、概《おおむ》ねぼうっとしているうちに終わってしまうのだ。この上なく無為《むい》である。そして——。

——速いよな。

速い。

正月だと思ったらもう暑くなっていて、夏物の用意をしているうちに年は暮れてしまうのだ。季節を味わっているようなゆとりがない。ゆったり構えていると、二三年過ぎていたりする。

一年が速いのだ。

子供の頃の一年は長かった。

夏休みなんか永遠に終わらんのじゃないかと思った。

遠い日の夏休み一回分とここ十年くらいの想い出は、概ね同じくらいのヴォリュームのような気がする。

何故だろうなあと徳一は考える。

働いていた時分は、単に忙しくて余裕がないのだと思い込んでいた。

何ごとにも忙しく齷齪《あくせく》と一日を送るから、それで速く感じるのだと信じていたように思う。いずれ齢《とし》を重ね、余裕を持って優雅に暮らせるようになれば、また違うのだろうと思い込んでいたのだ。

そんなことはなかった。

生き物としてこれだけ草臥《くたび》れてしまってから生き急いだって仕方がない。ここまできたらのんびり進みたいと思うし、実際に鈍々《のろのろ》と生きているのだけれど、気がつくとあっという間に過ぎている。優雅のゆの字もない。ただ時が目まぐるしく過ぎて行くだけである。

――あっという間だ。

そこで、徳一はもう一度首を傾《かし》げた。

それだけ時が過ぎるのが速いのに、何故に桜井の葬式はあんなに遠いのだ。桜井が死んだのは去年の秋だ。まだ一年経っていないのだ。それなのに、もう十年がところ昔の出来ごとのように感じる。

――いやいや。

そこで徳一は漸《よう》く思考の端緒《たんしょ》に立ち戻った。

――そう、今日は火曜日なのだ。

新聞の日付を確認する。

そして、公園でオジィサンと呼ばれたのは、先週の水曜日のことなのだ。買い出しに行った日なのだからこれも間違いないことだ。ちゃんと、カレンダーに付けておいたのだ。

するると、明日で一週間ということになる。

たった一週間である。

もう、何年も前のことのようだ。桜井なんかの記憶とそう差異がない。想い出として馴染《なじ》んでしまっている。

たった一週間なのに。

どういうことなのだろう。時間の進みが速いのなら、そんな昔のことには思えない筈なのではないか。実際、この一週間は本当に瞬《また》く間に終わってしまった。

何もなかった。息を吸って吐く間に過ぎたような感がある。ならば、一週間前の出来ごとなど息を吸って吐く前の出来ごとということになりはしまいか。

さっき、ということだろうに。

徳一は暫《しば》し沈黙し、一向に纏《まと》まらぬ散漫な己の思考にやや辟易《へきえき》した。そのうち自分が何だか埒《らち》もないことに囚われているだけのような気がしてきたので、再度新聞に視線を落とした。

——きっちり読んでおかねば。

景気が悪い、と書いてある。

まあ、悪いのだろう。しかし、つらつら考えるに、景気の良い時に景気が良いという報道はあまりされない。名前が付いた好景気は神武《じんむ》景気、岩戸《いわと》景気、いざなぎ景気くらいではないか。

それは昭和三十年代、四十年代のことだ。

その頃徳一はまだ若かったから——いいや若過ぎたから、景気の善し悪しなど体感することができなかった。

その後、バブル景気というのもあったのだが、その時期が好景気だったのだと徳一が知ったのは、それが弾けた後のことである。まあ実際世間は浮かれていたし、思い返せば豪儀な話ばかり耳にしていたようにも思うのだが、どういう訳か実感はない。

色々物価が高かったという印象があるだけである。

要するにバブルの恩恵に浴していなかったのだ、徳一は。

桜井なんかは、慥《たし》かにあの頃は羽振《はぶ》りも良かったし、能《よ》く景気の話をしていたものだが。

——あいつは経済が好きだったんだよ。

「あ」

徳一は声を漏らす。

目が活字を追っていないではないか。わざわざ眼鏡を掛けて電燈の紐《ひも》の先なんかを見ている。これではいけない。今は新聞を読む時間なのである。新聞記事をできる限りきちんと読み、書かれていることに就《つ》いてあれこれ考えを巡らせる、そうした時間なのだ。

先《ま》ず記事ありきなのである。

だからちゃんと読まねばならない。今はぐだぐだ考えごとをし乍《なが》ら新聞紙を眺めるだけの時間ではないのだ。それでは、ただでさえ無為な一日が、よりいっそう無為になってしまうではないか。

そんな気がする訳である。

徳一は一度眼鏡を外し、眉間《みけん》を抓《つま》んで幾度か揉《も》み、それから眼鏡拭きでレンズを拭いた。

掛け直す。

何となくまだ曇っている気がする。

要するに集中できないだけなのだ。

面白い記事がないからだ——と、徳一は心の中で自分に言い聞かせる。一面を飾る大した事件もなければ社会面にも大きな動きもない。景気が悪いのは新聞など読まずとも判る。スポーツには最初から興味がない。文化面の中身も枯れている。

約三十秒ばかり文字の羅列を睨み、徳一は新聞を閉じた。

——後で読もう。

無理をしたって始まらない。朝食を済ませた後、新聞を精読するのが毎日の習慣になっている訳だが、それは飽くまで習慣なのであって決まりではない。読まずとも誰に叱られる訳でもないのだ。

丁寧に畳む。ここでぞんざいにしてしまうと、重ねてからが面倒になる。膨らみや皺《しわ》などができぬよう、なるべく平らに畳むことが肝要《かんよう》である。

折り目をきちんとつける。

それから選《よ》り分けて横に積んでおいたチラシ広告の類いを分類する。これもまた適当にはできない。判型別に分けて、きちんと折って重ねる。そうしておかないと束ねる時に崩れてしまう。広告の紙はつるつるしているので、滑って縛りにくいのだ。

——こういう作業は集中できるな。

いいや、集中している訳ではない。

没頭《ぼっとう》しているだけだ。没頭とも違うか。

これは忘我《ぼうが》だ。まるで脳髄を使用していない。目から入った情報が頭まで行かずに手先に通じている。反射のようなものだ。思考経路をバイパスして視神経《ししんけい》が腕の筋肉に直接接続されているかのようだ。

頭の方は、いまだどうでもいい映像や音声を薄朦朧《うすぼんやり》と浮かべたり流したりしているだけである。

脳裡《のうり》では背広を着た桜井が笑い乍《なが》ら肉を喰っている。

今度孫が生まれるから俺も煙草《タバコ》を止《や》めるよなんぞと言う。

いったいいつの記憶なのだろう。懐かしいという程古いものではないようだが。十年くらい前だろうか。

——もっと前の気がするなあ。

広告を分類したり同じ大きさに畳んだりしているというのに広告のことなんか考えちゃいない。これは集中とはいわぬだろう。広告に失礼だ。まだ折っている広告の文面や図案に気を取られる方がマシだといえよう。それなら集中していて矛先が逸れたということになる。

この状態は、もう逃避である。

何から逃避しているのだ。

逃避したくなるほど過酷な現実というのは徳一の近辺にはない。まるでない。

何しろ、悲しくも辛くもないのだ。

今だって——そう、精々《せいぜい》同じ姿勢で座り続けていたから少し尻が痛いとか、このまま居続けると腰も痛くなるのじゃないかとか、その程度の不満や不安しかない。

――そんなものは不安とすら呼べないだろう。

徳一は臀《しり》の位置を変えた。

案の定、背中が少し痛い。身体《からだ》が固くなっているのだ。

しかし、作業に集中した結果こうなったというならともかく、忘我の末に斯様《かよう》な状態になってしまうというのは、どうなのだろうと徳一は思う。

背筋が硬直する程逃避がしたいのか。

――何から。

頭を使うことからか。

考えたくないのか。すると、新聞が読めないのも脳が弱っている所為《せい》なのかもしれぬ。記事の所為ではないのか。そう思うと途端に心細いような気になった。

身体が弱るのは仕方がない。

老人なのだから。

でも、頭が弱ってしまうのはどうだろう。

頭が弱っても身体が丈夫なら死にはするまい。いいや死なずとも、暮らしては行けなくなるのではないか。それは、死ぬよりずっと大変なのではないだろうか。

大変だということも判らなくなってしまうのかならいいのか。

「いやいや」

徳一は独り言を漏らす。

それはいけない。必ず誰かに迷惑をかけることになる。

嫌がられることは仕方がないと思うが、問題は恩情をかけられることだ。恩を受けること自体はありがたいことだが、その恩に報いることは、たぶん徳一にはできないのである。

それはどうだろうと思う。

人情が薄くなっただの都会の孤独だの、老人や貧乏人に冷たい格差社会だの、世間は色々と謂《い》う。まあ、実際そうなのだろうと思う。でも、徳一はあまり悲観していない。そもそもこうして無職の老人が普通に生きていられるのだからまだマシなのだ。

実際、年金だけで生きて行くのは苦しいだろう。それすら貰えないのならもっと大変だろう。それで病気になったりしたら生きては行けまい。医療費なんか払えやしない。文句は山程あるのだ。実際切実だ。現実は過酷である。

でも、医者だって何かと大変なんだろうし。

役人だって真面目に働いている人も大勢いるのだろうし。

金持ちだって、それなりに苦労して財を成したのだから。

そう考えると、徳一は他人を非難しにくい気持ちになる。

他の人だって切実なんだろう。

徳一は他人の怪我や病気を治せる訳でもなく、行政に携わっている訳でも財を成す程に社会貢献をした訳でもない。文句など烏滸《おこ》がましくて言えやしないだろう。

ただ起きて、飯を喰って、また寝るだけの、まるきり役立たずの徳一が生存を許されているのであるから、やっぱりまだマシなのだと、思う訳である。

みな、親切だ。

と——いうか。

徳一はべたべたされるのが苦手なのだ。

今の暮らしは、だから徳一にとっては取り敢えず好ましいものではあるのだ。

若い頃からずっとこうだったんだし。

ならば齢をとったからといって特別視されるというのもどうか。仕事をリタイアしてしまったのだから、働いていた頃より冷たくされるくらいで丁度良いのである。

「ああ」

まあ幸せだわいと、そんなことを思って徳一は身体をうんと反《そ》らせ、天井を見た。

どうしてそんなところに帰着したのかは能《よ》く解らないのだけれども。何をどうしたらこんな状態から幸せが導き出せるというのだ。いったい何をして幸福感に浸ってしまったものか。

背中の痛み。臀部《でんぶ》の痛み。

新聞に集中できないこと。

医療費の高騰やら格差社会やら。明るい要素は何もない。寧《むし》ろ暗いじゃないか。

それでも何だか結論めいたものが出てしまったような錯覚をして、徳一は一連の工程を終了することに決めた。

新聞を部屋の隅に持って行き、古新聞の山の上にきちんと重ねる。

広告はその横だ。徳一は古新聞は子供会の新聞回収、チラシなどはリサイクルゴミに振り分けて出すようにしているのである。新聞回収にチラシを交ぜてはいかんだろうと、そう思うからだ。別に構わないのだろうが。新聞紙チラシ類回収と銘打たれていたならば躊躇はないのだが。紙質が違うし。

そういう性格なのである。

——さて。

重ねてしまえばすることもない。

便所の電球は換えたし、買い出しは明日だ。雨模様だから散歩する気にもならないし、干せないのだから洗濯にも不向きな日である。

昼飯までにはまだ相当間がある。

他の独居老人は何をしているのだろうと、徳一は考える。

昨日公園で会った老人――コロッケ屋は、老人会に入っているのだそうである。

老人会とは何をするものなのだろう。

徳一は、己が既《すで》に老人会という名の組織に属して良い身分なのである――という認識を著しく欠いていた。そんなものはずっと他人ごとだった。だから、よぼよぼの年寄りが公民館なんぞに寄り集まって一斉に茶でも飲んでいるような、そんな漠然とした印象しか持っていなかった。

気づけば自分自身がもうよぼよぼなのだ。

自分が老人であるという自覚こそあったのだけれども、今ひとつ老人になり切れていないのだ。

いけないことだろう。

集まって茶を飲むだけの訳がないではないか。

何かレクリエーションでもするのだろうか。

スポーツしたり旅行に行ったりするのか。

年寄りになって気づいたのだが、老人というのは若い者が考えている程年寄りではないのだ。そして、年寄りというのは若い者が考えている以上に老人なのである。

――能《よ》く解らないな。

自分で考えついておいてこの始末だ。

要するに、中身の方は青年も中年も老人もあまり変わりがないものなのだ。人間というものは、然《そ》う然《そ》う変われるものではないのである。粗忽者《そこつもの》は、齢をとっても粗忽だ。短気な者は短気だし、好色なのは好色で、鈍感は鈍感だ。繋がりが悪くなったり薄れたり擦《かす》れたりもするが、基本は一緒だ。涙脆《なみだもろ》くなったり角が取れたりする者もいるようだが、同じように喧嘩《けんか》っ早《ばや》くなったり頑迷《がんめい》になったりする者もいるから、それは一概には言えまい。

一方で、肉体は衰える。これはもう、驚く程に衰える。目は霞《かす》み喉《のど》は掠《かす》れ脚は縺《もつ》れ指先は震え息は切れる。鍛えているから衰えませんなどと豪語《ごうご》している奴は、本格的に齢をとる前に死ぬ。鍛えていない者は、ぐずぐずと、そして坂を転げ落ちるように衰えて行くのだ。いや、自分は平気だなんぞと思っていたりすると物凄いしっぺ返しを喰らう。無理が利かなくなる。

自分の思い描く自分の在りようと、実際の自分の間のギャップは、それはもう離陸する旅客機のような加速具合で、みるみる広がるものなのだ。

徳一は心の中で言い直す。

若いうちに思う程、人は老成も達観もできない。

しかし若いうちに思うより、肉体はずっと衰弱してしまうのである。

この溝に気づき、早め早めの老人構えを施すことが老人ライフの基本だと思う。

若ぶったりしてはいけない。

気弱になってもいけない。

あるがままに——が基本だ。衰えた肉体と平仄《ひょうそく》を合わせるように心も老けさせる。

そこんところが肝心だ。

だから、老人の集まりと若者の集まりは、そう変わりのないものの筈である。

多少、動きが緩慢《かんまん》だとか朝が早いとか便所が近いとか、そういうことはあるのかもしれないが。

畳の上で茶だけ啜《すす》って満足できる訳がないのだ。

だから、きっと色々するのだろう。

想像なのだが。

——それは。

楽しいのだろうかと徳一は考える。

楽しいのかもしれない。

——いや。

いやいや、コロッケ屋の親爺は人間関係がどうだとか言っていた。面倒臭いのだろう。面倒臭いに違いない。徳一は若い頃からそうした集まりが苦手だったのだ。社員旅行の幹事を任された時など、血尿が出そうになった。

今、そんなことになったりしたら、それこそ医者の世話にならなければならなくなる。病になるのは仕方がないと思うが、望んで病みたいとは思わない。

気がつけば天井を見ている。

上の方ばかり見ていたので今度は頸《くび》が痛くなってきた。

することがないなら——。

——何もしなければいいんだ。

叱られることもない。

義務ばかりが混んでいて呼吸困難になるような人も多いのである。

これは幸せなことなのだ。そう思うことにする。

徳一はそう決めた。そして腰を浮かせた。

その瞬間——。

扉がドンドン、と鳴った。

益子さん益子さんという声も聞こえる。

徳一は眉を顰《ひそ》め、それからゆっくりと当惑した。

徳一の家のドアを叩く者など、いない。

宅配便ではないだろう。馴染みの配達員は、男だか女だか判らない甲高い声の丸顔の青年で、ドアを叩かずに宅配ですと声を発する。

では郵便か。ポストに入らぬ程のものが届いたか。それとも書留か内容証明か。何か疾《やま》しいことでもあるかのように――たぶん何もないのだけれど――徳一はみるみる萎縮《いしゅく》する。

「益子さん、いるんでしょ」

「い」

いますと言いたかったのだが声が出なかった。狼狽《ろうばい》していたからではない。暫《しばら》く発声していなかったので喉が張りついたようになっていたのだ。

咳払いをする。

「お留守なの？　回覧板ですよ」

「か――」

回覧板だと？

それはおかしい。隣の田川《たがわ》さんは、いつも黙って新聞受けに入れてくれる。ドアを叩いたりしない。

「どち――」

らさま、の前に痰《たん》が絡《から》んで、徳一は咽《む》せた。咽せ乍《なが》らドアノブに手を掛ける。掛けてからこれは無防備だったかと思う。扉の向こうにいるのが回覧板を届けに来た隣人を装った強盗だった場合――これはもうあからさまにやられてしまう。

開けた途端にバン、だ。

いやいや鉄砲はないか。ならばざっくりか、ガツンか。

徳一がノブを回す前に勝手にノブは回り、扉は開いた。

ご婦人が立っていた。いや、まあ、何というか、ご婦人と言うよりよりなかろう。

「ああ、ええ」

菊田《きくた》さん、と漸《ようや》く言えた。

「アラ益子さん、おトイレかなんかでした？」

「いいやその」

現実逃避して呆けていたとも言えまい。

はい回覧板と菊田さんは緑色のボードを突き出した。

「まったくこの町内ちょっと多くありませんか回覧板。内容も薄いから迷惑な感じですわよねえ益子さん。こうやって小分けにして回すんなら、こんな、町内麻雀大会のお誘いだのと小学校の学校だよりなんかを一緒くたにして欲しくないとは思いませんか？」

「いや」

まだ見ていないから。

「訃報《ふほう》の緊急回覧かと思っちゃいますしねえ」

訃報ったって隣のブロックじゃお付き合いありませんでしょうとご婦人は続ける。

「交流があれば当然回覧が回る前に知ってる訳じゃないですかあ。ねえ。交流がないんなら、知らされたところでどうしようもありませんでしょう。会ったこともないのに近所だからって香典持って行ったりできませんものねえ」

「はあ」

だから、まだ見ていないから。というより、その話はこの回覧板とは関係がない話なのか既に。

「あのう」

「そうなのよ。今度の町内会長さん、何だか厳しい方なんですのよ。まあ、今までの小堀《こぼり》さんだと、もうお齢《とし》ですしねえ。ずっとなあなあな感じでお願いしてたみたいですの。ええ、その、もう慣例って言うんですか？　済《な》し崩《くず》しと言うんですか？　そんな決まりごとみたいに依頼されても断わりにくいでしょうし、小堀さんもご迷惑だったんでしょうけども、今度の方。佐藤《さとう》さん。あそこのご主人は、元校長先生ですものね。だから、細かいんですのよ。回覧板が止まったりするともう、一軒一軒訪ねて止まった家見つけるみたいですからね。早くお二階に回した方がいいですわ益子さん」

いや、だから。

そうなら読ませて欲しいものである。

それ以前に、人間というのはこんなに息継ぎをせずに喋れるものなのかと、徳一は半《なか》ば呆れてご婦人の口許を眺めていたのである。

「これは――」

失礼、と言いかけて、徳一は言葉を呑み、回覧板を持つ手を引き寄せた。

妙なことを口走ると藪蛇《やぶへび》になる。こんな――失礼な話なのだが――こんなおばさんを眺めただけで、それで昨今流行りのセクシャルハラスメントだかいう訴えでも起こされたりしては堪《たま》らない。

「いやあの、田川さんは――」

徳一の隣人は田川さんだ。菊田さんはその隣である。

「あら」

菊田さんは顔を顰《しか》めた。

五十代後半か、もう六十くらいだろうか。旦那は少なくとも六十を越している。何年か前に定年退職だと言っていた。

「益子さんもご存じありませんか？」

「ご存じって、何かありましたかな」

いないんですよ、ずっと、と菊田夫人は言った。

「いない？」

「先週からもうずっとお留守なんですよねえ」

「旅行でも行かれましたかな」

「旅行――ですかあ？」

何という顔をするのだろう。

悩ましげに眉をヒン曲げて、口角《こうかく》を下げる。小鼻を膨らませる。どんな意思表示なのだ。

「旅行――じゃないのですか」

隣人の田川氏は五十代の男性で、徳一と同じ独り暮らしである。

十年くらい前に越して来たんだと記憶している。職業は知らない。定職がなかったのかもしれない。

「益子さん、交流おありじゃなかったんですの？」

「田川さんと？　僕が？」

徳一がそう言うと、菊田夫人は今度は小さな眼をまん丸に見開いて、あらま、と甲高い声を発した。

表情豊かというか。

「僕とかおっしゃるんですのねえ」

「はぁ？」

「あらご免なさい。私ね、益子さんくらいのお齢の方は僕とかおっしゃらないのかと思ってましたの。父も祖父もそんな風には言わなかったものですから」

ご免なさいねえと言い乍《なが》ら、オーバーな表情のご婦人はけたたましく笑った。

「いや、そう言われても——」

会社では私、と言っていたのだが。

プライヴェートの一人称はずっと僕だ。

「僕はおかしいのですかな」

「おかしくはないですけどねえ」

ねえ、の後は何なのだ。

「わたし、ですか」

俺、はないだろう。いや、徳一の場合それはない。

桜井は俺という一人称を使っていたが。徳一には似《そぐ》わない。

「まあ、怒らないでくださいよ。その、益子さんくらいのお齢の方ですと、わし、とかおっしゃるのじゃないですか」

「わし？」

そんな言葉遣いの者は身の周りに一人たりともいない。

「わし——というのはねえ」

拙者《せっしゃ》とか拙僧《せっそう》とか吾輩《わがはい》とか、そういうのと同じで、もはや現代語ではないのではないか。もしくは方言的なものだろう。地方に行けばそれが普通の土地もあるのだと思う。しかしその場合は老若男女も関係ないように思う。大体、徳一はそういう場所で育っていない。

「お爺さんって皆さん」

わしって言いません？　と菊田夫人は言った。

甚《はなは》だしく違和感があった。眼の前の婦人と徳一は、まあ多く見積もっても十五歳くらいしか違わない。親娘《おやこ》程の齢の差もない。妹で充分に通るだろう。何でそんな相手にお爺さんと呼ばれなければならぬのか。

まあ、老いた男性は悉《ことごと》くお爺さんなのだろうけれども、それならあんただってもうお婆さんに限りなく近いだろうに。

徳一の方は心中でさえ、おばさん、という単語を封印していたというのに。

「まあ」

おじイさんですがわしとは言いませんと答えた。

「そんな、怒らないでくださいって」

「怒っとりゃせんですよ。それよりも」

田川さんだろう。

「ああ、あの方、何でも奥さんとお子さんが四国だかにいらっしゃるんだそうで」

「ああ、奥さんが」

いたのか。

「徳島だか土佐だか」

「じゃあ里帰りでも」

またまた、とおばさんは徳一を叩く素振りをした。

「何がまたまたですかな」

「ウチは越して来て二十年ですよ益子さん」

「存じてます。このアパートでは僕——私が一番長い」

「あの方、一度たりとも旅行なんかしてませんわよ」

「そう——ですかな」

隣家の動向などに興味はない。まあ、話しかけられれば応えるだろうし、顔を合わせれば挨拶もする。世間話立ち話くらいもする。愛想のひとつも振るだろう。でもプライヴェートなスケジュールまでは知らない。留守を頼まれたりしたというのなら別だが、こちらから問い質すようなことではなかろう。

「事情がお有りだったんですよ、きっと。田川さん」

「事情ねえ」

いっそう興味がない。相談されたなら話も聞くが、家庭の事情なんかに立ち入る気はまるでない。

「だって、おかしいじゃありませんか。まあ、出稼ぎか何かでこちらに出ていらしてね、そのまま帰らなくなっちゃったというパターンじゃなかったのかしらねえ」

「出稼ぎ——ですか」

そうでなくっちゃアレはねえ——と、菊田夫人は下世話な感じで続けた。

「不自然なんじゃないんですか」

「ご本人がそう言ってましたか」

「まあ、私らも直接込み入ったことをお聞きした訳じゃないんですけどもね、まあ十年も隣にいれば、ねえ」

それは徳一も同じことだ。

しかし——。

十年か。

十年ひと昔と謂うけれど、隣人との想い出はまさにひと括りである。

まあ、隣人といっても毎日毎日顔を合わせる訳ではなかったし、でも隣人ではある訳だから会う日は何度も会ったりしたし、十年間で均《なら》せば一週間に一回くらいは顔を合わせていた勘定になるだろうか。

月に四回会ったとして、十年で四百八十回。一回の面会時間の平均を三分として一千四百四十分。時間に直せば——。

二十四時間。

丸一日だ。

実際、隣人との想い出のヴォリュームはそんなものである。

しかも、物凄く遠い。

もう何年も会っていないくらいに遠い。

「いつからいないのですか」

「ですから、もう十日くらいですわよ」

「郷里に帰られた様子もない？」

「ですから、益子さん。そんな、十年も疎遠《そえん》でいる、縁の切れた奥さんのとこに戻ったりしませんでしょとおばさんは言い切る。

もう脳内ではおばさん統一でいいのだ。徳一だってお爺さんなのだろうし。

「まあ、縒《よ》りが戻るということはないでもないでしょう」

「戻すったってどうやって戻しますの？　奥さんが訪ねて来たような様子もないですしねえ。お子さんだって、ほったらかしで十年も経ってから戻ってもねえ」

十年も——か。

徳一にとっては大した時間ではない。

ただ、大いに昔ではあるのだが。

――矛盾《むじゅん》しているなあ。

さっきもそんなことを考えたように思う。

「しかし、それなら何だと言うのですか」

「まあ、判りませんけどねえ。夜逃げとか、或《ある》いは」

「或いは？」

「何か良くないことを」

「事故か病気ですか！」

徳一は思わず回覧板を抱き締めた。

おばさんは苦笑をした。

「いや、それもあるかもしれませんけどもねえ。ほら、何かしちゃって――事件、っていうんですか？」

「じ、事件」

強盗に遭《あ》ったとか。そういう話か。

遭ったならいいですけど――とおばさんはいっそう不可解な表情になる。

「他に何が」

「いや、被害者とは限りませんでしょう」

「かッ」

加害者——と、敢《あ》えて徳一は言わなかった。

「そんなことが」

「最近は判りませんわよ。誰が何をしたって。ほら、能《よ》くあるじゃありませんの、テレビのコメントなんかで。あんなことするような人には見えなかったですわとか、普段は温順《おとな》しい良い人だったのにねえ、とか、みんなそう言いますでしょう。大体、普通の人が悪いことするんですよ最近は。普通の人が怖いんですって。怖い怖い」

「はあ」

——じゃあ。

あんたは普通じゃないのか。

あんたが怖いよと徳一は思う。

「しかしねえ」

田川さんが犯罪に手を染めるというのはねえ、と言った。

「いくら何でも」

「ほうら。テレビのコメントと一緒ですわよ益子さん」

「ああ。いや、しかしですな菊田さん」

「勿論、そうだ、と申し上げてる訳じゃないんですのよ」

じゃあ何なんだ。

「だって、別に犯罪者にならなくったって、その巻き込まれるとか、危ないところに借金して逃げてるとか、逃げ切れないでどうかなっちゃったとか、色々とあるじゃないですか」

「いやまあ、そうですが」

判りませんけどね、とおばさんは強い口調で断言した。

判らないんじゃないか。

「どっちにしてもお留守なんです田川さん。で、今度の会長さんは神経質なの。こんなことでお小言を頂戴するのは御免ですものねえ。ですから、一軒飛ばしてお持ちしましたの。あらあらこんな玄関先で長話なんかしちゃって」

ご免なさいねえと言って、おばさんはまたけたたましく笑って去った。

台風のようだった。

徳一はドアを閉め、大きく溜め息を吐《つ》いた。

——田川さんがなあ。

親しくもなかったのだが。

回覧板を開く。

さっきまで新聞を読んでいたテーブルにつき、もう一度眼鏡を拭いて掛け直し、徳一は回覧板の中身を確認した。

町内麻雀大会の参加呼びかけ。

久米山《くめやま》小学校だより。

読む前に判っている。さっき聞いた通りだ。何だかいつ見てもインドの人のように見える校長の写真を見つつ、全部を斜め読みする。一応でも目は通す。地域住民の務めだ。

小学生も頑張っているなあ、などと思う。具体的な内容はまるで頭に入っていないのだけれど、子供達が書いたと思しき文章の部分は、斜めに読んでも頑張っているように思える。

徳一もこの時分は一日が短く、一年が長かった。

たぶん、面白かったんだ。一日が。だから色々なことをしてみた。肚《はら》を立てたり大笑いしたり泣いたり跳ねたり、そういう喜怒哀楽《きどあいらく》を一日にみっちりと詰め込んでいたのだ。だから一年も長かったんだろう。密度が濃かったのだ。

最近の徳一の一日はスカスカだ。怒りもしなければ泣きもしない。昨日も一昨日もたぶん明日も明後日も、質量はゼロに等しい。ないも同然だ。

だから一日は長く、一年が短いのだろう。

まあ、過ぎてしまえば遠くなってしまうのだけれど。

桜井も、田川さんも、遠くなってしまった。

三十分くらい放心していた。

そろそろ昼飯かと思って時計を見るとまだ十時半だった。

――仕方がない。

回覧板を回さなくてはなるまい。新しい町内会長さんが速やかな回覧を望んでいるのであれば、何を横にどけても協力すべきではないか。

徳一は回覧板に捺印《なついん》し、一応身嗜《みだしな》みを整え、それからサンダルを履いて、鍵を持ちドアを開けた。まだ雨は降っているようだったが、同じアパートの二階に行くだけであるから傘は要るまい。

でも、鍵は掛けるべきだろう。空き巣はこの手の隙を狙うのだそうだ。ゴミ捨ての時などは用心が必要であるらしい。

鍵を差し込み、ドアの前でがちゃがちゃとしていると、背後からこんにちはと声をかけられた。

振り向くと。

階段の横に田川さんが立っていた。

濡れた傘を窄《すぼ》めている。

「ああ、田川さん」

「本降りになりそうですなあ」

田川さんはそう言った。

「お、おいでになったのですか」

「いや、今戻ったところなんです。　暫く留守をしていました」

「お、おで」

尋《き》いたものか。

尋かざるものか。

「ど、どちらに」

「ええ。実はねえ、私、山形の出なんですが」

「四国じゃなく」

四国には住んでたんですわ、と田川さんは言った。

「能《よ》くご存じですな。私が四国と縁があると」

「ええまあ」

おばさんに聞かされたのである。

「四国には十五年前に別れた女房と娘がいます」

生き別れか——と尋きかけた。

いやいや、時代劇でもあるまいに、どんな状況であろうとも今どき生き別れなどという言葉は使うまい。四国から浄瑠璃《じょうるり》か何かを連想したのか。おばさんの所為《せい》で何やら犯罪めいた先入観を持ってしまっているのか。

どうやら徳一はあからさまに戸惑っているという顔をしてしまったようである。その不可解な表情から何かを汲み取ったものか、田川さんは苦笑して、尋いてもいないのに離婚したんですわと弁明した。

「まあ、向こうはもう再婚してますから、他人ですよ。娘も成人してます。まあ、他人だから関係ないんだけれども、何となく四国には行きにくくって、こっちに来てからは一度も行ってないですよ」

「一度もお会いになってない」

まあ色々ありましてと田川さんは含羞《はにか》むように言った。

「生まれは山形で、まあ中学までは山形で暮らしていまして。その後、親の仕事の都合で関西に行って、あとは関西を転々として、結婚してから四国に渡ったんですが、ちょっとばかり失敗しましてねえ。離婚して、まあ後はこっちです」

「それはまあ」

色々あったのだ。

「で、まあ山形のね、子供の頃に能く乗ったろせんが」

「ろせん?」

鉄道です鉄道、と田川さんは下を向いて言った。

ああ、路線か。

「電車です。その路線が、今度廃線になるもんで。まあ、どうしても一度乗っておきたくって。それで」

「電車に乗りに行ってらしたんですか」

馬鹿でしょう、と田川さんは笑った。

「世間じゃあ何ですか。マニアとか、そういう人がいるようですが、私はそういうのじゃなくて、何といいますか」

懐かしくてねえ。

「懐かしい――ですか」

「ええ。淋しいというか」

悲しい訳じゃないんですけどね、と田川さんは言った。

「昔乗ったことを思い出すと懐かしい。もう乗れないと思うと淋しい。そうはいっても、もう何十年も乗ってない訳ですし、今更乗る用事も何もないんですから、廃線になったって構いやしない筈なんですけどもねえ。何だか」

それは――解る。

「で、まあ旅行なんざしたこともないんですが、行ってきました。生家もないのにです。四十年前に引き払ってますし、それこそ縁もゆかりもない土地になってるんですが」

　どうでした、と尋くと、どうもないですよ、と田川さんは答えた。

「見憶えのある景色なんか、殆《ほとん》どなかったです。記憶とも全然違っていてね。川くらいですよ。あったのは」

「川」

「地形は流石《さすが》に変わらんですよ。山並みとか」

　それはそうだろう。

「でもうわものはすっかり様変わりです。勿論、知った人なんか一人もいない。建物も見たことがない。まあ、とんだ散財ですよ。でも」

　悪くなかったですねえ無駄も、と田川さんは言う。

「無駄――ですかな」

「無駄でしたねえ。大体、遠いでしょ。新幹線なんかは使いたくないですから、普通列車で行って、泊まって。生家のあった辺りウロウロしたりして。それでわざわざ一番端っこまで別の電車で移動して、始点から終点まで各駅に乗って――」

　能《よ》く判らないが大旅行という気がする。

「いやあ、大した距離はないんですがねえ、各駅だと鈍《のろ》いから。遠くには行けないんだけども、時間だけはかかるんですわ。そうすると夜になっちゃうから、また泊まって。いや、もっと効率良くできる筈なんですが、行き当たりばったりみたいな方がいいかなあと思いましてね。帰りも普通で戻りましたから、結局まるまる一週間の旅行です」

「はあ」

大いなる無駄ですと田川さんは言った。

「でも、まあねえ。出張じゃないんだし。これはこれでありなんだなあと。久し振りに充実してましたよ。子供ですな」

子供の頃のようだった、ということなのだろうか。

戻れば元通りですよと田川さんは笑う。

「羞《は》ずかし乍《なが》ら蓄えもすっかり底を突いてしまった。明日からまた働き詰めですわ」

「お仕事――ですか」

「ええ。この齢《とし》で現場仕事はキツイですが」

田川さんはちゃんと働いているじゃないか。

何が犯罪だ。まったく、けしからんじゃないか。

徳一は、自分の背中一面で菊田夫人の言動を非難した。

「あ」

そこで徳一は、自分が彼の通行を妨《さまた》げていることにやっと気づいた。徳一が除《よ》けなければ田川さんは自分の家に辿《たど》り着けないのである。

「これは失礼。ああそうだ」

徳一は回覧板を広げて、田川さんに見せた。

「回覧板がね。あなたは飛ばされてしまった」

「訃報ですか？」

「麻雀と小学校だよりですなあ」

「ああ、私は見ないで結構ですよ。どうぞそのまま回してください。いや、つまらん話をしてしまって、申し訳ない」

田川さんはにこやかにそう言うと軽く会釈をし、身体を横にして、立ち竦《すく》む徳一を通り越した。

地味な襟元《えりもと》が目の前を過ぎる。

田川さんの項《うなじ》は白髪《しらが》交じりで、首筋は草臥《くたび》れているけれど、それでもきっと児童《こども》のように娯《たの》しかったのだ。いや、たのしいというのとは違うのかな。

違う時間を過ごして、満ち足りてきたのだろう。

そんな気がした。

部屋に入る前に田川さんはもう一度頭を下げた。徳一が呆然としてその姿を眺め続けていたからだろう。

ばたんと戸が閉まる音がした。

雨音だけが残った。

「各駅停車の旅か」

誰もいないコンクリートの廊下を見詰め乍《なが》ら、徳一は小声でそう呟《つぶや》いてみた。

まあ、遅いのだろうなあ。

効率的ではないのだろう。

——そうか。

徳一は、開きっ放しだった回覧板をばたんと閉じた。

——各駅と、新幹線だ。

子供は各駅停車の普通列車に乗っているのだ。

徳一は新幹線に乗っているのだ。

時間を距離に直せばいいのである。

そう考えれば矛盾めいた感覚がすっきりと氷解するではないか。

新幹線は窓も開かないし退屈だ。しかし恐ろしく速い。同じ乗車時間でも、かなり遠くまで移動することができる。

各駅停車は、まあ鈍《のろ》い。新幹線の移動距離とは比べ物にならないだろう。でも、駅弁を買うこともできるし駅の便所に行くことも可能だ。途中下車だって、思いのままだ。でも、大して移動はできない。

——そうなんだ。

老人は、動きが遅い。

そう思うからズレるのだ。自分を基準にするべきなのである。徳一が遅くなっているのではない、周りが速くなっているのだ。

いや、実際は違うのだが、そう考えるべきなのだ。徳一は世界の片隅にぽつんといるだけなのだけれども、その世界を観測しているのは徳一なのである。どんなに客観的になろうとしても、徳一は徳一以外の物差しで世界を測ることができない。観測している徳一の物差しが伸び縮みしているとして、それは徳一には解りにくいことである。縦《よし》んばそれに気づいたとしても、体感することは叶うまい。

伸びた物差しで測るなら、長いものも短くなろう。時の刻みが鈍くなるなら、時の流れも速くなる。自分の基準を固定化するならば、世界はどんどん速くなる勘定だ。

徳一は新幹線に乗っているのだ。だから。

車窓を横切る風景は、確認する間もなく、あっという間に遠退《とお》いて行く。目の前の景色がどんどんどんどん遠くなる。すぐに見えなくなってしまう。

ついさっきのことだって。

もう、何キロも、何十キロも離れてしまっている。

見えなくなればみな一緒である。

桜井も。

バブルも。

石川さゆりも。

一週間前の、あのオジいサンの声も。

――なる程なあ。

徳一は妙に納得する。

生まれたばかりの子供は止まっている。それが這《は》い這《は》いを始める。これは鈍い。歩き出しだって鈍い。よちよちしている。子供の足は大人よりも確実に遅い。動きはすばしこいかもしれないが、移動距離は短い。

遅いのだ。

やがて自転車に乗り始めたりする。電車にも乗るだろう。

育てばどんどん速くなる。それに合わせて、体感時間も変わるのだろう。

外の時間は一定だけれど。

中の時間は、伸びるのだ。

たぶん、成人の体感時間というのが、人が生き物として感じる最も正しい時間感覚なのだろう。身の丈に合った一分、身の丈に合った一日、一年。

普通、生物はそこで死ぬ。

生き物は大体、子を生《な》して育て上げれば用済みだ。

——でも、人間だけは違うんだ。

中の時間はどんどん伸び続けるのに違いない。何たって人間は中々死なないのである。徳一のように、子供も作らず、育てもせず、ただ起きて喰って寝ていたって、死にはしないのだ。何のために生きているのか見失ってしまったって、それでも生きていていいのである。

だから。

体内時間は限りなく伸び続けるのである。

その、伸びた時間の方を基準とするならば。

外の時間はどんどん速くなって行く——ということだ。

だから想い出は遠くなるのだ。

瞬く間に去って行くのである。

もう、新幹線だ。そのうち飛行機になる。

音速を越え、光速を越えたら——。

――まあ、死ぬんだろうさ。

そう思った。

小雨はまだ降っている。本当に本降りになるのだろうか。

階段を二三段上がる。もう少し上がると、公園が見える。

徳一は更に二段ばかり上がって、顔を公園の方に向けた。

――あんまり遠くに行かんで欲しいな。

「忘れてしまうからなあ」

声に出してそう言ってから、徳一はまた足を踏み出した。

七十二年六箇月と4日

午後4時38分~5時16分

オジいサン——。

ちょっと違うんだよなあと益子徳一は思った。

それから、抓《つま》んだ——というか抓まされたハムだかソーセージだかの表面を繁々と眺め、嫌々に近い感じで口に放り込んだ。

脂《あぶら》っこい。しかも塩辛《しおから》い。

年寄りの喰うもんではないな。

しかし、こうして喰ってしまった以上、このまま立ち去る訳にも行くまい。買わないまでもコメントのひとつも垂《た》れなければ人として如何《いかが》なものか、ということになりはしまいか。

——なる。

なるだろう。

それは間違いない。徳一は確信することができる。

証拠があるからだ。

その昔、同僚の武田《たけだ》は試食は無料《ただ》だから幾ら食べたっていいのだと豪語《ごうご》する男だった。武田は昼休みになると職場の近所のデパートやスーパーに入り浸《いびた》り、試食コーナーをうろつき試食品を漁《あさ》り回って昼餉《ひるげ》となしていたのである。

あれはいつ頃のことであったか。

徳一がまだ三十代、つまり四十年から前のことである。

——昭和だ。

まあ、いつのことだっていいのだが。

当時、武田はそれをして美食倹約術と称していた。まあ、毎食昼飯代が浮くなら倹約にはなるのだろうし、試食品というのはどれもそう不味《まず》いものではないのだろうから美食といえば美食なのかもしれぬが、美食という何処《どこ》かハイソな響きと倹約という何処かみみっちい響きが不釣り合いに感じられ、徳一などは聞く度どうにも尻の据わりの悪い思いを抱いたものである。

それ以前に。

それは許されるのか、と思った。

取《と》り敢《あ》えず犯罪ではなかろう。どうぞお召し上がりくださいと差し出されるものを食べて捕まる道理はない。

しかし。

しかしである。その、どうぞお召し上がりくださいの、そのひと言の背後には、お口に合ったなら何卒《なにとぞ》お買い上げくださいのひと言が隠れているのだ。いいや、食べた以上は是非とも買ってくれよという、切なる願いが籠《こ》められていよう。

試食は施しではなく、商業的行為の一環なのだ。

不味かったと思ったならそれは仕方がない。交渉決裂である。食べただけで売買契約をしたことにはならない。試食は飽くまでセールス活動の一環としてのサーヴィスなのだ。不味いと思ったということは、買い手側の条件が合わなかったということであり、つまり契約は不成立となる。そのくらいのリスクは売り手の方とて覚悟の内であろう。

だが。

毎日現れてぱくぱく喰ったらどうなるか。

それは、美味《うま》いと感じている――ということに他なるまい。

判別できぬとか、迷っているとかいうならともかくも、である。

大体、美食などと称している時点で、その商品は彼の味覚の嗜好に見合っているということになるではないか。

これはつまり買い手側の条件も満たされている、ということである。

条件が満たされているにも拘《かかわ》らず、購入という行動を起こさずにサーヴィスだけを受け続けるというのは、これは明らかに詐欺的《さぎてき》行為ではないか。

詐欺ではないが、詐欺的行為である。

売り手には普《あまね》く商道徳というものがある。法律で定められておらずとも、暗黙のうちにしてはいかんことがあるのだ。それをすると商道に悖《もと》ると非難される。罰せられることはなくとも客は離れる。法の網を潜《くぐ》り抜《ぬ》けたとしても、天は見逃さぬ。天網恢恢《てんもうかいかい》疎《そ》にして漏らさずだ。

最近は商道に悖るインチキ商人が多いので、あれこれ細かく法で定めたりしているようだが、嘆かわしいことである。そんな法律を作らずとも、いにしえの売り手は誇りを持って商いをしていたものである。そして買い手もまた、厳しく目を光らせていたものだ。

そう、現在の市場《しじょう》におけるモラル低下の惨状を招いたのは、寧《むし》ろ買い手側の堕落《だらく》に負うところが大きいのではないかと徳一は思う。

買う方が駄目になってしまったので売る方が付け上がったのだ。そして駄目な買い手は付け上がった売り手をよりいっそうに甘やかし、好き放題させてしまったのではないのか。

――いかんのだ。

売る側に商道徳があるのなら、買う側にだって道徳はあるのだ。道徳というと戦前の教育めいて聞こえるからイカンというのなら、倫理《りんり》といってもいいだろう。そんな偉そうな言葉を振り翳《かざ》さずとも、公衆ルール的なものくらいはあるだろう。

購買を前提としない試食行動はそのルールに反していると徳一は思う訳である。

実際——。

武田の美食倹約術は、長くは続かなかった。

職場の上司にクレームが来たのである。

試食コーナーというのは、どうやら一週間なり五日なりのサイクルで入れ替わるらしい。

武田曰《いわ》く、初回はただの客、二度目も概《おおむ》ね気づかれず、時に三度目も気づかれぬこともあり、気づかれても嫌な顔をされるだけであるから、もし嫌な顔をされたらなるだけ別な処に行って一日か二日間を開け、そして最後にまた行く——さすれば、怒鳴られようが何をされようが、それで終《しま》いなのである。どれだけ疎《うと》ましく思われても週が変われば品も人も変わってしまう。だから平気だという理屈である。

当時土曜は半ドンであるから、一週の通勤日は六日である。

武田は通勤日の半分以上、同じ試食コーナーに行っていた勘定になるのだろう。何箇所も回るのだから飽きもしなかったのだろうと思う。

しかし、そう上手くは行かなかったのだ。

疎にして漏らさずである。

デパートの食品売り場の主任が、上司の友人だったのだ。

試食コーナーに入り浸っているいやしい男は、もしやお前の部下ではないか、なら大変迷惑だ――と主任は上司に苦言を垂れた。公言し自慢していた訳だから、それが武田ということはすぐ知れた。

厳重注意である。まあ、減俸《げんぽう》だ解雇《かいこ》だという話ではなかった訳だが、武田は大いに株を下げたのだ。いや――。

株は最初から下がっていたのである。会社のＢＧ達――いまはそんな呼び方はしないのだろうが――とにかく職場の女性達は、試食で昼を賄《まかな》うという武田の行為を蔑《さげす》んでいた。

徳一も同じだった。

親しくもなかったから注意こそしなかったが、浅ましい行いを自慢気に吹聴《ふいちょう》する軽薄な同僚に、徳一は確実に侮蔑《ぶべつ》の籠った視線を送っていたのである。実際、武田は人として失脚したのだ。

だから。

――いかんのだ。

　このまま立ち去っては消費者としての一分《いちぶん》が立たぬ。

「うーん」

　徳一は唸《うな》った。

　即座に言葉が出て来なかったのだ。そもそも武田のことなど考えているからいかんのである。大体、武田はその後二三年で職場を去り、それ以来会っていない。賀状のやりとりすらないのだ。その後どうしてしまったか。

　いや、武田はいいんだ。

「ちょっと――」

　不味い、とは言えまい。

　失礼だ。この御婦人は美味しいですよと破顔《はがん》して勧めてくれたのであるから、この商品に自信を持っているのだろうし。

「あら美味しくない？」

「へ？」

　へ、と言ってしまった。せめて、は、と言うべきだった。

「おじいちゃん、いいんですよ無理しないで」

「ちゃ」

　ちゃん、か。

勧める時はおじいさん、と言った。

——ちょっと違うんだよなあ。

「いや、その美味しいですが」

「そうかしら。ちょっと脂っこいんですよね。あたしなんかだと、もう。これは若い人向けなのねえ」

「はあ？」

婦人はそんな徳一を見限るように、破顔したまま顔の向きを変え、通り過ぎる若者に楊枝《ようじ》に突き刺したソーセージだかハムだかを突き出した。

「どうぞ、おにいさん。美味しいですよう」

今、美味しくないって言ったじゃないか。

いや、美味しいのか。美味しいけれども脂っこいという話なのか。まあ、徳一も不味いとは思わなかったのだ。不味くはないが、こりゃ美味ぃと手放しで称賛できるような味ではないというだけだ。いずれ脂っこいことは確かなのであろう。年寄り向けではないということなのか。

ならば勧めるなよ。

人をおじいさんなどと呼んでおいて。

終いにはおじいちゃん、と来た。ちゃんとは何だ。

大体、若者向けだと思うなら何故お爺さんを呼び止めるか。

そもそも自分が美味いと思わないものを売るな。自分の齢《とし》は幾歳《いくつ》だというのだ。失礼な言い様だと思うが、見た目そんなに若くはないだろう。その齢ならば齢下の人間だって大勢いるのだろうに、選《よ》りに選《よ》って明らかに齢上であるだろう徳一を捕まえるとは、いったいどういう了見《りょうけん》なのだ。それとも徳一が若く見えたとでもいうのか。

——いやいや。

おじいさん、と呼んだのだから。

老人だと判って呼び止めたのだ。見た目で自分より齢上と判じたのに違いない。そうでなければそんな呼び方はしない。何しろおじいさん、である。

それでハイと返事をしたのだが。

——いや待て。

つまり徳一は、自らをおじいさんだと認識していたことになる。

いや、これは当たり前のことなのだが。男性の老人なのだから、考えるまでもなくお爺さんなのだけれども。

何より徳一は、以前から己が老人であるということに対する自覚は必要以上に持っていたのだ。ただ、おじいさんだという自覚は殆《ほとん》ど持ち合わせていなかった筈《はず》だ。だからこそ一週間前にそう呼ばれて狼狽《ろうばい》したのではなかったか。

——いいや。

そうではないのだ。

ちょっと違うのである。

あれは、オジいサン、なのだ。お爺さんじゃない。

やはりニュアンスというか、イントネーションの問題なのだろう。

つまり徳一は、普通にお爺さんと呼ばれる分には何か特別な感情を抱くことなくそれを許容し、受け流していたものと思われる。無意識の内にお爺さんは徳一の脳裡《のうり》胸中《きょうちゅう》をすり抜け続けていたのであろう。

公園で呼ばれた時だけ、意識の表面がそれを捉えたのだ。

お爺さん。

おじいさん。

そうじゃないんだよなあ。

い、の他は片仮名なんだよ。

ちょっとおじいちゃん。

「買わないんなら少ォし横にどいてくれませんか。他のお客さんがねえ」

「ああこれは失礼」

徳一は大慌てで除《よ》けた。

通りすがりの客を次々にキャッチすることで成り立っている試食販売コーナーの真ん前に陣取って愚にもつかぬ熟考を重ねるなど、以《もっ》ての外《ほか》である。立派な営業妨害である。これでは武田と変わりない。

悪いことをした、買ってやらねばいかんだろうか、そう思ったのだが、売り子の御婦人は既《すで》に子連れの主婦に取り入っていた。

割り込みにくい。

声をかける時機《タイミング》が摑《つか》めない。

買いますす買いますと言えば良いのか。いや、そうじゃないのだ。ここはスーパーなのだから、会計はレジスターのある場所で行われる。つまり、そこに積んである商品をこのカゴの中に入れれば良いのだ。

徳一は手を伸ばし——。

やめた。

見ていない。御婦人はけたけた笑いつつ主婦にソーセージを勧めまくっている。

徳一は、本来欲しくない商品を購買しようとしている訳であり、それもこれも、悪意はなかったままでも営業妨害的な行為を執ってしまったことに対する贖罪《しょくざい》の気持ちから出たことなのである。償うべき相手に無視されている状況でそれをしたとて始まるまい。

二歩ばかり離れて、徳一の足は止まる。

――いや。

これではいけない。いけないのだ。

天が見ている――人は、常にそういう敬虔《けいけん》な気持ちでいなければなるまい。実際徳一は無宗教だし無信心だから、神も仏も能《よ》く判らぬが、公明正大《こうめいせいだい》かつ清廉潔白《せいれんけっぱく》に精進しようと思うのなら、すべては人ならぬもの――倫理だの道徳だの――に照らして計るべきであろう。

御婦人の機嫌を取るためにすることではない。

これは己の過ちに対する対価として発生する買い物であるべきなのだ。

徳一はのろりと踵《きびす》を返し、手を伸ばしてハムだかソーセージだかの袋を摑んだ。

新食感ジューシーミニウインナーと書いてある。

――ソーセージだ。

賞味期限などを確認してからカゴに入れる。

何だか万引きでもしたような背徳《うしろめた》い気分になった。

天に恥ずるようなところは一切ないが、一切ないのに恥じ入るような気分になるのは理不尽《りふじん》である。やはり買いますと声を出すべきであったかと徳一は思ったが、何もかも後の祭りである。

いる。

――欲しくないんだが。

「あら、マア、ありがとうございます」

横目でちらと徳一を見た売り子の御婦人は、心の籠らぬ感じの口調でそう言った。

取り敢えず万引きの気分は払拭《ふっしょく》されたが、要らないものは要らない訳で、さてこんな脂っこいものをどうやって食べたものかと、徳一の思考はそちらの方に移り始めている。

――刻んで。

野菜炒めにでも入れようか。

とにかく刻むしかあるまい。

そんなことを考え乍《なが》らカートを押す。

こうやって押し車的なものを押し歩きしていると、ああ老人だなあと実感する。まだ足腰は丈夫なのだが、いかれてしまったらこの手のものを購入するしかないのだろう。他の老人を見るに、歩行器代わりにするにはこれが一番である。

だがこんな大きな、しかもしっかりしたタイプのものは買えないだろう。きっと高価《たか》いに決まっている。それ以前に置けない。自転車のように雨曝《あまざら》しにしておく訳にもいくまい。そもそもこれは鍵が付けられないのではないか。なら盗まれる。

――盗まないか。

まあ盗まないだろう誰も。

しかし、このタイプは家庭用ではない。買うならもっと軽量の、あの布か何かででできている、折り畳めるような――。

――あれは折り畳めるのだろうか。

取っ手が引っ込むようになっているのだろうか。

――それは別物かな。

能《よ》く判らない。旅行用のカートと勘違いしているのかもしれない。ああいうものは鞄屋に売っているのだろうか、なら鞄屋を覗いてみようかな、などと一瞬思い、徳一は頭《かぶり》を振った。

それこそ要らない。

足腰は丈夫なのだと今さっき思ったばかりではないか。

そんなことより先《ま》ず、問題にすべきはこのソーセージの処遇なのだ。買った以上は喰わねばなるまい。食べなければ無駄になるとかいう以前に、口に合わぬというだけの理由で食材を無駄にしたりしてしまったのでは、それこそ天に対して申し開きができぬ。

うっかり食べ損ねたというならともかく。

いや――うっかりだっていけないことだ。

この間もキャベツを腐らせてしまったばかりなのだ。

独り暮らしにひと玉は多いのだ。多いのだが、徳一はキャベツが好きなのである。だから先週も買った。買って帰ったらまだ半分残っていて、しかも黒く萎《しな》びていたのである。

——勿体《もったい》ないことだ。

キャベツ農家の人はどう思うだろう。

独居老人の旧式冷蔵庫の中でひっそりと腐っていく手塩にかけたキャベツ——。

そんなのは堪《た》えられないのではないか。

いつの間にか徳一の足は野菜売り場に向かっている。

しかし野菜はもう買ったのだ。いや、会計は済んでいないのだが、カゴの中には入れたではないか。この手で。

キャベツのことを考えていたので、無意識の内に足が思考に倣《なら》ったのだろう。

——キャベツ。

手を伸ばし、はっと気づく。

だからキャベツはまだあるのだ。先週買ったではないか。

このスーパーみよし屋で。

まさにこの売り場で。

そう。

この何とかウインナーは刻んで、あの冷蔵庫の中で傷み始めているキャベツと一緒に炒めれば良いではないか。キャベツとソーセージを炒める料理というのがあるのかないのか知らないが、別に喰えないものではあるまい。

――ニンジンくらい入れるか。

徳一はオレンジ色の野菜に手を伸ばし、止めた。

ニンジンは――。

さっきカゴの中に入れただろう。

確認すると案の定カゴの中にはニンジンが鎮座《ちんざ》ましましている。トマトと並んで。

いかんな、と思う。

どうも短期記憶がいけないような気がする。

昔のことは異様に詳しく思い出すし、意識さえしなければ別に困るようなこともないから、記憶する機能自体が衰えた訳ではないと思うのだけれど、どうも徳一の脳は最近、つまらない些細なことを選んで放り出してしまうように思う。

忘れる、というような大袈裟なものではない。

思い出せないという程に深刻なことでもない。

認識しない、に近いだろうか。

ニンジンを摑んでカゴに入れたことは、まあ覚えてはいたし思い出しもした。だから痴呆《ちほう》的なものではなかろう。健忘症《けんぼうしょう》とも違うだろう。

――覚えていたのだから。

だが、ニンジンをカゴに入れるという行為自体を徳一の脳はそれ程重要なこととは判断せず、なかったことのようにやり過ごしている――そんな感じである。

そんな瑣末《さまつ》なことは改めて覚えようとか思い出そうとかしなくたって、つまり意識の表層に浮かび上がらせずとも、当然の如《ごと》く判っている筈なのに。

しかも自発的にしたことである。更にはついさっきのことなのである。

それなのに、敢《あ》えて覚えていようと思わねばスルーしてしまうのだ。この脳は。

――年寄りだからな。

顔を上げるとすぐ横で徳一と同じくらいの齢の老人が顰《しか》め面《つら》をして野菜を睨《にら》んでいた。

同じだ。同じなのだ。

そう思う。この人も買うべきか買わざるべきか、買ったか買わなかったか、そんなことを考えているに違いない。この顔は価格を見て逡巡《しゅんじゅん》している顔ではない。

主婦と違って老人は、しかも男の年寄りは、一円二円で迷ったりしない。

と、思う。

勿論安い方が良いに決まっているのだが、単位は十円からだろう。と、思う。

それ以前に品物の善し悪しが明確に判らないのだ。悪い品が廉《やす》いのは当然である。良い品が一円安いならお買い得だが、悪い品なら寧《むし》ろ高いのかもしれず、品質と価格の釣り合いというのがこうした食材の場合は計りにくいのである。

電化製品のようなものなら判るのだが。

あれは定価がある。定価からどの程度値引きされたかは明確に判る。機能も、メーカーもハッキリ判る。型番が古くなれば当然値引き率も上がる筈だし、新製品でも自分に必要のない機能が付いているようなものは要らない。もう価値がまる判りであるから、とてもすっきりしている。

だが、キャベツの場合はそうではない。

美味いのか不味いのか、能《よ》く判らない。

もう五十年から独り暮らしをしているというのに、いまだに判らない。何かコツのようなものはあるのだろう。あるのだろうが、誰も教えてくれないし、尋《き》く相手もいない。

妻もいなければ娘も嫁もいない。息子も婿も孫もいない。

同じような境遇の爺さんに尋いたって知らないだろうし。

徳一は隣の老人の姿をひと頻《しき》り眺め、それからエチケットに反することと重々承知しつつも、その老人のカゴの中を覗いた。

——あ。

ソーセージの袋が入っている。

あの試食コーナーで買わされたか。

あの売り子め、誰彼《だれかれ》構わず売りつけているのだ。年寄りには脂っこいと知りつつ年寄りに売っているのだ。これはいかんことではないのか。顧客のニーズに合っていないことを知りつつ売りつけるのは、それこそ一種の詐欺的行為ではないのか。

思うに、自分が美味しいと思えないような商品を美味い美味いとニコニコ売っていること自体が詐欺的ではないか。

ほんの少し肚《はら》が立った。

ソーセージを返して来ようかとも思ったが、それはどうかと考え直した。いくら会計前とはいうものの、一度カゴに入れたものを戻してはいかんだろう。年寄りが手に取ってカゴに入れ、更にカゴから摑み出して売り場に戻す——これは戴けない。

商品価値が下がる気がする。あの売り子はどうかと思うが、商品自体には何の罪もないのだ。

売り子憎んで品を憎まず、である。製造メーカーにも罪はないだろうし。

売り物のイメージダウンになるようなことはしてはいけなかろう。もしかしたらメーカーは、この商品に社運を賭けているのかもしれないではないか。これが、この不景気の中傾いた経営を何とか立て直そうと吟味に吟味を重ねて開発し満を持して発売した入魂の新製品だったとしたらどうだ。きっと自信作なのだ。ならばこんな場末のスーパーの派遣の売り子の性根が宜しくない程度のことで貶《おとし》められてしまっては敵《かな》うまい。

徳一にとっては脂っこくて塩辛いが、脂っこくて塩辛いものが好物だという人もいるのだから、そういう人にはきっと美味いものなのだろう。

と。

そこまで考えて徳一ははっと我に返った。

自分は年寄りだが、年寄り代表ではない。

自分がそうだからといって他の年寄りもすべて同じとは限らない。徳一基準で何もかもを計るのは間違いである。偶《たまさ》か売り子の御婦人も同じようなことを口にしたものだから、それが普通と思い込んでいたのだが、それこそ大いなる誤謬《ごびゅう》であろう。脂が大好きな爺さんだって塩辛いのが大好きな婆さんだっているかもしれない。この爺さんだってそうなのかもしれない。

と――再度カゴの中を窺《うかが》うと。

老人のカゴの中には、何やらがちゃがちゃとしたマンガの付いた菓子のようなものが大量に入っていた。

これも好きなのか。ならソーセージくらい好んで喰うかもしれない。こんな渋面でマンガの菓子を喰うのか。

——ああ。

孫だ孫。

この人は家族の買い物をしているのだ。

昨今は女性も社会参加をするのが当たり前であるから、家にいるのは社会参加し終わった老人ばかりである。ずっと家にいるのだから家事くらいはするのだ。何かしなければそれこそ無駄飯喰らいと言われてしまう。だから、平日のスーパーには主婦と同じくらい爺さんがいる。

婆さんはそんなにいない。

婆さんは、ずっと専業主婦だったりする訳で、つまりはもう家事に飽き飽きしているのではなかろうか。

というか、主婦に定年はないから、嫁に代替わりしたとかいってもピンと来ない気がする。だらだらと現役で、もういいやという辺りで代わりができれば、それはもう喜んで代わるに違いない。

代わりをするのは、子供だったり嫁や婿だったり、そして――定年を迎えた古亭主だったりするのであろう。

だから爺さんが多いのだ。

徳一は見回す。

視界に収まるだけで爺さんは五人はいる。主婦と思しき人物は三人。婆さんと主婦の中間くらいの婦人が一人。爺さんの勝ちだ。一人多い。

そこで徳一は己を勘定に入れていない滑稽《こっけい》さに気づく。

爺さんは六人だ。圧勝だ。

でも――。

自分は違うんだよな、と徳一は思う。

自分は年寄りで爺さんだが、誰かのために買い物をしている訳ではない。徳一はまだ二十代の頃からずっと、いつだって同じように自分のために買い物をしてきた。自分が要るから買うだけである。

そうしたライフスタイルは首尾《しゅび》一貫《いっかん》して変わっていない。在職中は平日に買い物ができなかったから土日いずれかにしていたけれども、退職してからはずっと水曜日が買い出しの日だ。買い物に限らず、徳一は文字通り十年一日が如く変わらぬ暮らしを続けている。

そうした徳一の暮らしぶりが年寄り臭いというのなら、それは年齢の所為《せい》ではないだろう。徳一自体が昔から年寄り臭かったというだけのことだ。

ごろごろとカートを押す。

以前は、こんなものはなかった。

こんなカゴも、あのビニール袋もなかったと思う。

そもそもスーパーがなかった。八百屋に魚屋、肉屋に豆腐屋、乾物《かんぶつ》屋に雑貨屋、そういう専門店が軒を並べていたのである。いわゆる商店街である。

いまの商店街はパチンコ屋にゲームセンターに居酒屋なんかでできている。昔から残っているのは洋品店とレコード屋くらいであり、徳一にはまるで用がない。だから行かない。

眼鏡を買った店も潰《つぶ》れた。

随分《ずいぶん》前に夜逃げしたのだ。

笹山眼鏡店――。

元気なのかなあの爺さん。

電車に乗るような用事もないから、駅の方にはまるで行かなくなってしまった。駅前商店街は、十年くらい前にナントカモールとかいうアーケードになったのだが、そうなってから余計に足が遠退《とおの》いた。そもそもあの若やいだ喧騒《けんそう》が堪えられない。

齢をとったからではない。昔から喧《やかま》しいのは嫌いなのである。

徳一はふと足を止める。

そういえば——。

今日はヨーグルトを買おうと思ったのだ。

新聞に記事が出ていたのである。

体に良い、長生きできるというような記事だった。取り分け長生きしたいとは思わないのだが——と、いうか、そもそももう充分長生きの部類であるような気もするのだが、まあ偶《たま》にはこうした煽《あお》り記事に釣られて金を遣うのも良いかもなあと、何となく思ったのだった。

乳製品のコーナーは何処だろう。

みよし屋はコーナー表示が見にくいのである。おまけに先月改装してから余計に判りにくくなってしまったのだ。

改装といっても綺麗になった訳でも便利になった訳でもなく、棚の配列が変わったのと横ちょにクリーニング屋の受け付けができただけなのだが。

まあ壁沿いの冷蔵っぽいところだろうと思い、そっちに行ってみた。

牛乳はあったがそれらしきものはない。並んでいるのはジュースだの何だのばかりである。

愛想の悪い店員が段ボール箱を抱えてやって来たので尋いてみると、

「そこの納豆の横ですよ」

と、お前そんなことも知らないのかよというような口調で言われた。しかし納豆の横に置くだろうか。醱酵《はっこう》食品ということで揃えているのか。

行ってみると、何のことはない野菜の隣である。店の中を一回りしただけだった。野菜、果物、キノコ、白滝、納豆、ヨーグルトやらプリンやらゼリーやらという布陣であるようだ。別に醱酵は関係ないようだった。

そもそも納豆は能《よ》く買うのである。いや、今日も一パックカゴに入れたのだ。しかしそのすぐ横にヨーグルトがあるとは夢にも思わなかった。

妙な組み合わせだ。

徳一はそして立ち竦《すく》んだ。

何がなんだか判らない。いったいどれがヨーグルトなのだろう。

徳一の知るヨーグルトは、寸詰まりの牛乳瓶《びん》のようなものに入っていた。その昔、牛乳配達が勧めるので一箇月だけ取ってみたのだ。四十年くらい前のことだ。それっきり、ヨーグルトなど喰っていない。

じろじろ眺めてみるがさっぱり判らない。ヨーグルトと明記してあるものは、やけに大きい。

こんなもの一人では喰い切れないだろう。

小さいのはプリンだか納豆だか判らない。

――いや、流石《さすが》に納豆は判るか。

おかめだのひょっとこだのが描かれたヨーグルトはないだろう。しかし、最近の納豆は容器もデザインもハイカラになったから、もしかしたらヨーグルトっぽい意匠の納豆もあるのかもしれない。納豆を買おうとし、納豆らしいデザインのものだけを選んでいたから判らなかっただけで、この中には納豆らしからぬ納豆もあるのかもしれぬ。

と、思って見ると余計に判らない。

手に取って見ればまあ書いてあるのだろうが、何となく物怖《ものお》じしてしまって手に取ることが憚《はばか》られる。その奇妙な遠慮を振り切って手を伸ばし、適当にひとつ取ってみることにした。

老眼なので能く見えない。

眼にちらつく色使いである。

生クリームプディング、と書いてあった。違うものだ。

戻す。

戻して、睨む。

店員を呼んで尋くことはできまい。そう思う。

コーナーが判らないというのは、謂《い》わば道に迷ったようなものであるから、これは尋くこともできる。しかし、商品を目の前にしてこれはいったい何でしょうとは尋けない。

道には誰でも迷う。

だが、もの知らずは別だ。

ものを知らぬのは仕方がない。だが知識が乏しいというだけに留まらず、見れば判るものを見ても判らないというのは、要するに読解力だの想像力だの推理力だの観察力だの、色々なものが欠けているということに他ならないだろう。

徳一はまた唸った。

ついさっきキャベツを見て顰め面をしていた爺さんと同じである。

同じだなと思って顔を上げると、あの爺さんはまだキャベツを見ていた。

少し吃驚《びっくり》した。

徳一の視線に気づいたのか爺さんは顔をこちらに向けた。

――まずかったか。

失礼なことをしてしまったか。

爺さんはのそのそと近づいて来た。

果物を越え、キノコを過ぎ、白滝を無視して、その見知らぬ老人は徳一のすぐ横に立った。いや、怒らせたのだろうか。謝るべきか。

目を逸らすべきか。

「はあ」

「最近」

「どうも品揃えが悪いですなあ、ここは。キャベツなんか今年は当たり年だというのに、どうも良くない」

「は？」

「いや、あなたもそう思っているのじゃないかと思ったもんだから。さっきニンジンを睨んでいらしたでしょう」

「ニンジンを――」

それは、カゴに入れたのを忘れてもうひとつ取ろうとしてしまい、気がついて思い留まっただけである。

「益子さんでしょ」

「ぼ、僕を」

ご存じですかと徳一は言って、大いに慌てた。徳一はまったく覚えていないのである。ただ顰め面の爺さんだと思っていただけだ。

「いや、私はほれ、十五年くらい前まで駅前で八百屋やってた小宮山《こみやま》ですよ。ほら小宮山青果店。もうお忘れでしょうけど、あなた以前、冬場になると毎週、週末に蜜柑《みかん》を——」

「みかん!」

そうか。

「そう。蜜柑をね、毎週毎週買われるから、箱でお届けしましょうかと言ったんですわ。そしたら箱買いすると腐る、独り暮らしだからと言って」

「はいはいはい、そしたらあなたが、こんなビニールの小籠《こかご》みたいなのに十個くらいずつ入れて」

「ええ。週末ごとに届けましたな」

「いやあ、そうですよ。その節はお世話になりました」

徳一は深々と頭を下げた。

——八百屋だったか。

ならばキャベツも見ようというものである。

いや、しかし八百屋がスーパーで何をしているというのだろう。スーパーは商売敵ではないか。しかもここは敵陣のまっただ中である。敵状視察だろうか。それとも廃業してしまったのだろうか。

店がなくなったのが十五年前のことだとして、いまだにこの辺に住んでいるということは、眼鏡屋のように夜逃げした訳でもないのだろう。

「あの、その」

八百屋なんですよと小宮山は言った。

「それは承知してますが、その」

「いや、いまだに、という話で。八百屋止《よ》しても、八百屋根性というかねえ、そういうのは抜けないもんでしてな。うち、今はコンビニなんですが。どうもね、野菜を目にすると品定めしてしまう。何年経ってもただの客になれんのですよ」

「コンビニ？　この近くですか」

「寺の裏ですよ。まあコンビニになってから果物も野菜もやめちゃったもんでね。買い物は専《もっぱ》ら、ここです」

「寺の——裏ですか？」

そっちにはあまり行かない。

「駅前の、うちの店だったとこは、ご存じの通りパチンコ屋ですよ、今。あのアーケードの計画に、うちは乗らなかったんですわ。でもまあ商店会全体の決定事項だってことで、立ち退きを余儀なくされまして、まあ金貰って移ったんだけど、あんなとこじゃ場所が悪くってね。で、コンビニです」

ははは、と力なく小宮山は笑った。

「お宅に蜜柑届けてた頃が良かったですよ」

「いやあ」

答えようがない。

蜜柑の配達はとても便利だったのだが。毎週新鮮なものが届くので、黴《か》びたり萎《しな》びたりする前に食べ切ることができた。週によっては甘いのや酸っぱいのや色々なものが届き、それはそれで楽しかったし。

徳一は、果物では蜜柑が一番好きだと思う。

あれば喰う。

意識したことはないのだが、好物なのだろう。でも、それなのに去年は蜜柑をあまり喰わなかったような気もする。二回くらいしか買わなかったのではないだろうか。

「すると――」

まあ元八百屋ならキャベツの善し悪しも判るのだろう。

この際どの辺で見分けるのか尋いてみるべきだろうか。と、いうより、この男にならヨーグルトがどれなのか尋けるのではないか。

「――ここでも何度かお会いしてるんでしょうな」

徳一は関係のないことを言った。

「そうでしょうなあ。コンビニになって丁度十年くらいですからね、今は息子がやっとるんですが、まあ、それなりに通ってますわ、ここも。菓子類の品揃えがうちとは違ってねえ。うちはチェーンだから、仕入れ先が決まっておるんですよ」

「そうですか。いや、ここ、新装開店してから慥《たし》かに不親切な感じになったし、品物も良くない――ですかな」

品のことは判らない。

調子を合わせただけである。

「そうでしょう。まあ、それでも駅まで行かなきゃこの辺にはここしかないから。殿様商売になっちゃいかんと思いますけどねえ。うちもそうだから。まあ他山《たざん》の石《いし》とします」

今度お立ち寄りくださいと言って小宮山は愛想良く会釈をし、徳一を通り越して鮮魚コーナーへと向かった。

「ああ」

見栄を張ってしまったなあ、と徳一は思う。

それからもう一度、納豆だかヨーグルトだか判然としない一団を眺めて、結局買うのを止め、徳一はレジに進んだ。この期に及んで長生きなんか望んでもしょうがないよと、徳一は心中で言い訳をする。

いやいや、ヨーグルトを喰うだけで必ず長生きするというのなら、もっとみんなが喰っているだろう。体に良いからといって喰わなきゃならんものでもあるまい。喰わなきゃ不健康になるということもないだろう。

今のところ健康なのだし、いいのだ。

必要なものではない。

レジは空《す》いていた。

カゴに入れた商品が一個一個取り出され、点呼《てんこ》でも取られるように値段が読み上げられる。徳一はこの瞬間がわりと好きである。何だかきっちりしている。頭の中の短期記憶もこうやってひとつずつ取り出して値定めすることができれば、さぞやスッキリすることだろう。

ただ、今日のレジ係はアルバイトらしく、金額の読み上げが堂《どう》に入《い》っていない。もっと自信を持って欲しい。五十二円なら五十二円と、引導を渡すように宣言してくれなくては、品物が可哀想《かわいそう》ではないか――。

そう心中で呟《つぶや》いた後、そんなことを思うのは自分だけだろうと徳一は思った。

会計を済ませ、カゴを作業台のようなところに移して買ったものをビニール袋に入れ替えている途中、徳一はすぐ横に能《よ》く見知った顔があることに気づいた。

――こいつ。

田中電気の二代目だ。

田中電気は一心不乱の態《てい》でせっせとアンケートのようなものを書いている。

お客様目安箱、と記された投票箱のようなものの真ん前である。

さて声をかけたものかどうか。

品物を袋に移し終え、レシートを財布に仕舞い、カゴを重ね、カートを元の場所に戻して、いざ帰らんと振り向くと、田中電気が今まさに目安箱に折り畳んだ紙を入れているところだった。

自分に投票する候補者のような顔をしている。

何かクレームでも付けたのだろうか。

キャベツの品質が悪いとでも書いたか。

これで声をかけないというのも何とも不人情な気がしたから、徳一は近寄って電気屋さん、と呼んだ。

「あ。徳一さん」

田中電気は徳一をそう呼ぶ。

亡くなった先代がそう呼んでいた所為である。

「何か文句を付けたのかい」

「いやですね。文句なんか付けませんよ」

「それにしてはやけに真剣な顔つきで書いていたね」

「別に巫山戯《ふざけ》ちゃいませんからね。いや、ほら、ここ、変わってから文具のコーナーがなくなっちゃったでしょう」

「文具？」

「あったじゃないですか。コピー用紙とかメモ帳とかセロハンテープとか。あの、子供のクレヨンみたいのとか――」

「ああ。あるだろう。この前、筆ペンを買った」

それはレジ脇にあったんでしょうと田中電気は言った。

童顔《どうがん》である。もう三十を越している筈だが、中学生くらいの顔つきだ。中身もそんなものだろう。

「そこ出たとこのあさがお文具が一昨年《おととし》潰れてから、この辺じゃここだけだったんですよ、売ってるの。あと、文房具屋っていえば駅の反対側ですからね。みんな困ってますよ。熊滋中も久米山小も、緑《みどり》山田《やまだ》小も近くにあるのに、文房具屋がない。子供も困ります」

「まあ、そうなんだろうが。電気屋さんは困らんだろう」

困りますよと田中電気は言った。

「困るかね？」

「そりゃあ電気屋だって文房具使いますからね。切れれば買いに来るですよ。一般のご家庭だって文具は要るんですから、僕だって要りますよ。ホッチキスの針が切れて見積もりが綴《と》じられんのです」

「そりゃあ難儀だが」

「なので、文具コーナーを復活させて欲しいという投書をしたんですよ。不便さを切々と記し、なおかつこの状況なら確実に商売になりますよと――」

「うーん」

商才のないお前がアドバイスをするかい――と徳一は思ったのだが、敢えて何も言わなかった。

「そんな投書をするくらいなら、電球と電池を取り扱うのをやめてくれと投書した方がいいのじゃないか。みんなここで買うだろう」

それはいいんですよと田中電気は困ったような顔をした。

「電球や電池売るだけでは商売上がったりですわ」

「そうなのか」

その言い方はないだろう。

徳一は、電球と電池だけはわざわざ遠い田中電気まで買いに行くように心がけているのである。先代からの付き合いだから特別に情けを懸けているのだ。

それなのに、そんな小商《こあきな》いは要らんというような物言いをされるのは釈然としないではないか。

「つまり僕のような客は要らん、ということかい」

滅相もないと田中電気は眼を剝いた。

この、すぐ眼を剝くところは死んだ親父に能《よ》く似ている。

「徳一さんは上得意ですよ」

「まあ付き合いが長いから色々買わされたけれど、最近は電池と電球だけだよ。商売上がったりだろう」

止《よ》してくださいよと言って田中電気は歩き出す。

徳一が歩く素振りを見せたからである。

「徳一さんはうちの大事なお客様ですよ。こりゃ、神掛けて言います」

そんなものに掛けなくてもいい。

商道に悖《もと》ることさえしなければそれでいい。

外には贈答用らしい箱入りの果物とティッシュペーパーの箱が堆《うずたか》く積んである。どうしてこの組み合わせなのだろうと、いつも思う。しかも、中のレイアウトは全部変わったのに、どうしたことかこの入り口付近の品揃えだけは変わらない。何かこうするといいというマニュアルでもあるのだろうか。

「で、何だい。電気屋さん、今日はそのために仕事をサボって投書をしに来たのかい？」

「いやですね。うちは水曜定休ですよ」

そうだったか。

何年のお付き合いですかぁ、と田中電気は笑った。

「親父が決めたんですから、もうずっと水曜定休です。もう何年も何年も、たぶん創業以来ずっとそうですよ。お蔭で僕は、休みの日に何処か連れて行って貰った想い出がないんですから」

「ああそうか」

学校の休みは日曜で、その日は営業日なのだ。

「まあ、授業参観日が水曜に当たると、あの親父がやって来て困ったもんだったですが」

何故困る、と尋いた。

「お父さんが来るのが嫌かい」

「嫌じゃないですが、目立つんですよ。他は全部お母さんばかりですからね。そこに加えて、うちの親父は」

田中電気は頭をつるりと撫でた。

「ね、あれはもう」

「禿げかね。別に構わんじゃないか。禿げは恥でも何でもないだろう。禿げを恥ずかしがる者の気が知れないよ」

「いやあ、徳一さんは毛があるからそう思えるんですよ。まあそうは言っても亡くなる間際の親父はそこそこ貫禄があって、禿げもサマになってましたがね。あれ、若禿げだったんですよ。小学校中学校と、まあ着飾った奥サマがたの中にですね、つるっとした猫背の親父が雑《ま》じってて、まあその」

「嫌だったのかい」

嫌じゃないですよと言ってから、田中電気は少し照れたように笑った。

「僕は親父好きでしたからね。でも、まあその、目につくんでしょう。また、それで苛《いじ》められる訳ですよ。お前の父ちゃんハゲハゲと。僕はそんなの気にしませんでしたけど、好きな親父がバカにされるのがちょっとね、厭《いや》で」

「そんなけしからん者がいるのか」

まったくけしからん。

子供は残酷ですからねえ、と田中電気は言った。

「今の子供はどうか知りませんが」

「まあ」

そういうものかもしれないと、徳一も納得した。

「だからね、僕の憧れは徳一さんみたいな、ロマンスグレーの髪の親父でしたよ。顔も中身も変わらないでいいけど、頭皮だけでも何とかならんかと思ったもんです。何となく賢そうでしょう。ロマンスグレーって」

賢くはない。ニンジンをカゴに入れたことも忘れるし、ヨーグルトと納豆の判別もつかない。愚か者だ。

「親爺さんは――でも真面目な人だったぞ」

ええ、それはもう、と田中電気は答えた。

「親父は、どういう訳か徳一さんのことを気に入ってたようでしてね。あの人は立派だと能《よ》く言ってましたよ」

「またそんな世辞を言う。どれだけ持ち上げたって、その、携帯電話も、何とかテレビも買わないぞ」

まいったなあ、と田中電気は苦笑いをした。

「ケータイはともかく、テレビは何とかせんとほんとに映らなくなるんですよ」

「映るよ」

映らなくなる道理がない。

「あのテレビ買った時、死んだ親爺さんが衛星放送のアンテナ立ててくれるって言ってたんだ。それさえもまだ立ててないというのに、どうして買い替えられるかね。充分に映る」

そうじゃないんですよと田中電気は言った。

「テレビ替えないでも、チューナー付けなきゃ。あの辺は集合アンテナもないし、ケーブルテレビも来てないし、徳一さんとこは電話もまだアナログの回線でしょう。マジに映らなくなりますって。いや、商売で言ってるんじゃないんですよ。親父が生きてたら、いの一番に徳一さんとこ行ってた筈ですよ。ねえねえテレビをナンとかしなよ徳一さん、って」

最後のところは亡父の物真似のようだった。

ちょっと似ていた。

「しかしなあ。映るからなあ」

「今だけですよ。もうすぐ映らなくなるんです」

「何でだね。お宅で買ったテレビには時間が来ると壊れる時限装置でも付いているのかい」

いやいや、と田中電気は首を振った。

「徳一さん、新聞読むのお好きでしたね」

「毎日読む」

「なら知っているでしょう。地デジ」

「あッ」

それだ。

何日か前にも気になったのだ、それは。

「それは――」

方式が変わっちまうんですよと田中電気は言った。

「方式？」

「まあ受信機の問題じゃなくて、送る方の問題なんですよ。平たく言えば、いま送ってる電波は」

――廃止されるんです。

「廃止？」

「ええ。だからテレビが丈夫だって映りません。なくなっちゃうんです」

「て、テレビ局はどうなるのかね」

「どうもなりません。まあ、要するに新装開店、ってことですよね。中身はそんなに変わらんのですが、まあ送り方が変わってしまうんですよ。専用のテレビか、チューナーで受けなくっちゃいかんのです」

「廃止かあ」

ちょっと驚いた。

「ラジオも――廃止なのか」

「ラジオの方は聞きませんねえ」

「そうか。廃止か」

別にテレビはあまり観ないのだけれど、廃止と聞いてしまうと物悲しいような気分になるものだ。

色々変わるんですわと田中電気は淋《さみ》しそうに言う。

「まあ、でも仕方がないですよ。うちの親父はね、まあ真空管の頃からテレビ売ってたんですよ。でね、まあ、家電なんてものは次々に新型が出るでしょう。僕は、チャンネルをがちゃがちゃ回すテレビが何故だか好きだったんで、ボタンになっちゃった時はちょっと嫌だったんですがね。親父は、そんなこと言っちゃいかんと言うんですよ。カラーになってリモコンになって、衛星放送ができて、横長になって、液晶が出て、プラズマが出て」

徳一はその衛星放送の頃に買わされたのだ。

「まあ、その辺で親父は死んじゃった。だから地デジ対応型ってのを親父は能《よ》く知らない訳ですが、今生きてたら喜んで売ってましたよ」

「売っていたかな」

「売ってましたねえ。親父はですね、街の電気屋というより技術畑で、新しいもの好きだったんです。で、その新しいものをご家庭に設置するのが好きな人――だったんですね」

「設置するのが好きとは」

また変わった嗜好である。付き合いはそれなりに長かったけれど、そんな風に感じたことはなかった。やはり、親子ならではの受け取り方なのだろうか。

親父は元々エンジニアだったんですよと息子は言った。

「しかも大きな電機メーカーの開発チームにいたんです。挫《ざ》折《せつ》して退社して開業したんですよ。だから、もちろん修理したりもするんですけど、どんなもんでも新型が出るとすぐ飛びついて、あれこれ勉強してましたね。まあ、いいものを大事に使って長持ちさせるってのはとても良いことですし、実際親父もそうで、自宅ではβ《ベータ》のビデオデッキをずっと使ってましてね。とっくに生産中止になってるのにメンテナンスして使ってる。テープだってもうどこにも売ってないってのに、それでも使い続けたんですよね。死ぬまで使ってましたよ。だからまだ動きます。一方で、何だか知らないけど新しいものが出ると、必ず自分で使ってみるんですねえ。ブルーレイのデッキだってすぐに調達してきて、ＤＶＤと見比べて」

「いや、それはもう僕には何のことだか解らんよ」

ビデオまでしか判らない。

そこです、と田中電気は言った。

「何処だい」

「いや、この街にはお年寄りが多いじゃないですか」

「多い――のかな」

まあ多いようにも思うが、徳一は他の街を知らない。

「お年寄りって、そういう時流に取り残されがちですすよね。親父はそれが気に入らなかったんですな。若い者は多少不便でもいい。老人こそ便利な道具を使うべきだ。だから、老人こそ最新のアイテムを使うべきで、そういう売り方をしないメーカーは気に入らないと、まあそんなようなことを」

「ああ」

言いそうだ。あの先代なら。

「まあ、僕もそう思わないでもない。お年寄りがパソコン使いこなせれば、色々と便利になりますよ。医者だって呼べるし通販だってできる。遠くの友達や家族とテレビ電話で話もできるし、郵便振り込みだってできますよ」

「テレビ電話なんてものがあるのかい」

マンガみたいだ。

あるんですよと田中電気は真顔で言った。

「親父、死ぬ直前に調達して来ました。でもね、かける相手が持ってないからテレビ電話にならんのです」

「ああ」

「そんなですよ。親父の人生は、ひと言で言っちゃえば新しいものとの競争みたいな人生でした。ですから、まあ僕は――」

待ってくれと徳一は田中電気を止めた。

「まあ、先代の遺志を継ぎたいという君の気持ちは解る。慥《たし》かに変わるものは変わるだろうし、古いものは廃止されるだろうからね。どれだけ愛着があったって、廃止されてしまったのじゃ仕方がないよ。それに固執《こしゅう》するのは、愚かだと思うさ」

「そうでしょう」

「そうだよ。でもなあ、田中電気」

田中電気よ。

徳一は立ち止まって、大きく息を吐いた。

「もう少し、ゆっくりだよ」

「あ、歩くの速いですか」

「そうじゃないんだよなあ。あのなあ、何というかなあ。人間はもっと駄目なもんなんじゃないのかなあ」

「は？」

駄目なものだと思う。

コンビニの店長になったってキャベツの品質が気になるのである。小宮山さんは住み馴れた駅前を追い出され、お寺の裏に移って、その結果商売が左前になって家業まで変えた。

でも、意地を張って立ち退かず、駅前に居座ってゴネたりしなかった訳だし、駄目になったらスッパリとコンビニに切り替えたのだ。変化を受け入れて、ちゃんと生きている。生き残っている。偉いと思う。

でも、キャベツが気になるんだよ。

「あのなあ、繁《しげる》君。人間というのはもっと――こう、ごちゃごちゃしたものなんだよきっと。だからね、先代の――お父さんの人生を、ひと言で言ってしまっちゃいかんように思う。新しいものと格闘して、それを使って売って、それはそうなんだろうけれど、そんな人生だと纏《まと》めてしまうのは、何だか」

淋しいだろう。

長い長い人生がひと言じゃあ。

「物語にしてしまうとな、何となくそんなもんだという気になるから。まあ、でもなあ。うまく言えないんだが」

何となく判りますね、と田中電気は答えた。

「判るかなあ。定男《さだお》さんは挫折して電気屋になったんだとか君は言うが、先代は街の電気屋としても立派だったさ。あれ、自分の気に入らないものは売れなかったんだろうさ。だから使ってみて、それで勧められると思えば売る。そういう商売をしていたんだろうよ。こりゃ立派さ。で、君はどうだい」

「え？」

「新しいものなら何でもいい、そういう売り方は、もしかしたら親父さんの売り方とは違いやしないか。その、じでじとかいうものは、まあ新しいのだろうし、乗り換えなくちゃいかんものなのだろうし、そこは判ったんだが――」

ああ、ああ、と田中電気は拳骨《げんこつ》を握って何度か振った。

「何だ？　どうした？」

「そうです。そうなんです。いや、親父が徳一さんのことが好きだった理由が判った気がしますよ。そうなんですよ。これは、廃止されるからこっちにしろ、じゃないんですよね」

「はあ？」

田中電気は何故か一人で盛り上がっている。徳一は、まあ何か新しい知見《ちけん》を導き出そうとして言った訳でもないのだが。

「選択の余地はないから新しくしろという勧め方は違うんですね。ええと——徳一さん、地デジはですね、先《ま》ず綺麗なんですよ。映りが全然違いますから。地デジを一回観ちゃったら、もう元に戻せないですよ」

「でもそんなに観ないからな」

「いやいや、それでも後戻りはできないですって。これ、自分の実感ですよ。それに使い易いですからね。で、こう映りが悪くなるってこともない。ちらちらしたりザーザーしたりはしないんですよ。映るか、映らないかです。映るなら、まあ九割方綺麗に映る。映画でも何でも能《よ》く見えます。紀行ものなんか、まるでそこに行ったみたいに思えます。スポーツもですね」

「いやいや、そうなのかもしれないが」

そもそもテレビを観ないのだ。もう一度そう言うと、替えれば観るようになりますよと二代目は言った。

「そうかなあ。放送自体は変わらないのだろ?」

「変わりませんが、変わった感じがします」

「そんなものかね」

「つまらん番組もですね、画《え》が綺麗だと、何だか上等に感じるもんなんですよ。内容より上辺ってのは、徳一さんみたいな人には納得いかないかもしれませんけど、テレビなんてもんは所詮《しょせん》上辺だけのものですからね、見た目がいいに越したことはない訳です」

それはまあ理屈だ。

「ほら、まるでテレビ観なかった長谷川《はせがわ》さんのおばあちゃん、入れた途端にテレビづけですよ。録画もできるし、番組表も出るし。新聞のテレビ欄がもう老眼で見えなくて、それで億劫《おっくう》になってたようなんですが、いまはボタンひとつでね、どのチャンネルで何やってるか出るんですわ。で、予約録画も簡単ですからね。線で繋いだり、ボタン押しまくったり、テープ入れたりしなくていい訳ですよ。何でもワンタッチですから。簡単です。おばあちゃん喜んじゃいましてねえ、森繁《もりしげ》の映画を立て続けに観たとか言って。あるでしょ、社長シリーズとかいうのが。ＣＳも入るから、連続でやったようなんですよね。だから――」

「おいおい」

それ――その口調。

それは慥《たし》かに先代そっくりだ。さっきの物真似なんかよりもずっと似ている。これなら、もしかしたらうっかり買ってしまうかもしれない。

「営業は営業日にしなさいよ」

徳一はそう言った。

それから少し笑った。

死んだ田中電気がそこにいるような気がして、少しだけ懐かしかったからである。

七十二年六箇月と5日

午前11時2分〜午後0時27分

オジいサン――。

が、料理をしていますよと益子徳一は頭の中で呟《つぶや》いた。

巫山戯《ふざけ》た感じだなあ、と徳一は思っている。調子に乗っているのである。

老人だって調子に乗ることはある。

徳一自体は、調子に乗っている年寄りを見るのは嫌いだ。ハラハラする。乗っかると落っこちる。調子というのは不安定なものなのである。ボールの上に板を渡し、その上に立ってバランスをとっているような、そんな感じだ。

曲芸師の如《ごと》しである。

まあ、戯《おど》けることを仕事にしているような人はそれなりの訓練を積んでいるから平気なのであろう。板の上でもホイホイと上手《じょうず》に戯け切ることもできよう。しかし素人《しろうと》がそれをやると、まあ途中まではそれこそ調子良く乗っかることが叶《かな》ったとしても、必ず途中でバランスを失って引《ひ》っ繰《く》り返《かえ》る。

上手に落ちられたなら良いけれど、まあ腰を打ったり尻をぶつけたり、時にエラいことになる。

素人は落ち方も下手《へた》だ。

で——その場合、痛い思いをしたり怪我をしたりするのは概《おおむ》ね落ちた本人ただ一人なのである。巻き添えを喰う者も偶《たま》にはいるだろうけれど、それだって受けるダメージは本人が一番大きい。

年寄りは、足腰が弱い。鍛えていたって健康だって弱い。どんなに気張っても、寄る年波には勝てない。

心の足腰だって弱い。

折れ易い。理由は人それぞれだろうけれど、どんなタイプであっても弱くなって行くものだと徳一は思う。硬ければ硬い程に脆《もろ》くなる。柔らかければ柔らかいで、腰がどんどんなくなる。薄くなったり細切れになったり掠《かす》れたり、どんなものでも古くなれば衰える。人の心も同じである。

だから、調子に乗るのは危険なのである。

調子というのは、まあ英訳すればリズムということだな、と徳一は考える。自分のリズムとは違ったリズムに乗っかる、というようなことなのだろう。

これは危険だ。

きっと、普段三拍子で過ごしている者が、偶《たまさ》か聞こえて来た四拍子のリズムに浮かれて、ついつい踊ってしまうとか、そういうことなのだろう。速さなんかも違うのだろう。概ね、乗っかる調子というのは速いテンポなのだ。

いや、そうすると。調子の英訳はリズムではないのか。

テンポなのかな、とも思う。

どっちでもいいことである。

いずれ、自分の内から涌《わ》き上がる自然のリズムやテンポと違うもんに乗っかってしまうということなのだろう。だから、危なっかしいのである。

人前では慎まなければなるまい。

特に年寄りは慎むべきだ。そう思う。

でも——。

でも、である。独りの時くらいはいいだろうと徳一は思う。

落っこちたって誰も見ていない。笑われもしないし蔑《さげす》まれもしない。人を巻き添えにすることもない。

自分が痛いだけである。

まさに自業自得だ。

それもまた一興《いっきょう》、などと思う。

落ちたら落ちただ。いいじゃあないかなどと思う。

本当に調子に乗っているのだ。

痛い目に合えば当然嫌な気持ちになるのだろうに。がっかりしたり苛々《いらいら》したり癇《かん》癪《しゃく》を起こしたりもするのだろうに。考えるまでもなくそうなる。でも、そうした予測を退けるような、昂揚感《こうようかん》のようなものがある訳である。

いいだろう、そのくらい。

こういう時は落ちた後は痛いだろうなどとは思わない。考えもしない。そんなだから落っこちるのだが。

「あ」

もう落ちた。

卵を二つも割っている。ひとつでいいのに。

目玉焼きを作ろうと思ったのだ。それなのにどうして卵を二つも割っているのだろう。しかも小鉢に入れている。入れてどうしようというのだ。目玉焼きならフライパンに直接落とすべきだろう。だからフライパンを熱したのではないか。油も引いたではないか。フライパンを熱していることを忘れてしまったのか。忘れるというより。

目の前で熱されているではないか。

これが見えないのか自分は。

というか、たった今、自分で火にかけたのではないか。

徳一は微《かす》かに湯気を発しているフライパンを呆然と眺めた。

いいや。

これは湯気とはいわんだろう。立ち昇っているのは油だ。しかし油気《ゆげ》なんて言葉はないだろう。あるのかな。待てよ。湯気はゆげ、であってとうげとは読まない。だからこの場合はあぶらげ、とすべきなのか。油揚げじゃないんだから。そんな——。

どうでもいい。

徳一はガスコンロのつまみを捻《ひね》って火を消した。

消してからフライパンの黒々とした表面を眺めた。睨《にら》んだという程に目力《めぢから》は籠っていない。それから手許の小鉢を見る。この中身をこのままフライパンにあけてしまおうかと心の隅で思い、徳一はその想いを打ち消した。

——そんな筋違いのことはしてはいかん。

熱くなったフライパンの真上で卵を割る。

落ちた瞬間に、卵はじゅうと焼け始める。

火加減を調節し、差し水などをし、蓋《ふた》を閉めて待つ。

やがて良い匂いが漂って来る。

それこそが目玉焼きだ。

卵の落下具合で黄身の納まり様が変わる。周囲の白身のバランスも変わる。割り損ねたり落とし損ねたりすると、黄身が崩れてしまったりする。火加減や何かをしくじれば、パリパリに焦げたり表面が透明のままだったり何かと不都合が出る。

何年も何十年も焼いているが、コツが掴《つか》めない。

敢《あ》えて時間を計ったりしないようにしている所為《せい》もある。

肉体で覚えようと、いつの頃だったか決心したからだ。何ごともその時の状況判断で行う。段取りを頭で覚えて再現するのではいけないのである。次はどうだったろうと考える、そのインターバルが料理を駄目にする。頭を空《から》にして、脊髄《せきずい》反射でちゃんとできてこそ体得《たいとく》したということになる。

いまだに体得できないのだが。

――それでもこれは駄目だ。

別の入れ物に入れた卵を流し込むなんて邪道《じゃどう》だ。少なくとも徳一の中では邪道だ。目玉焼きの醍醐味《だいごみ》が微塵《みじん》もない。

――浮かれた罰だ。

調子になんか乗るもんじゃないのだ。特に年寄りは。

徳一は再度そう思う。

その想いを噛み締める。

調子に乗った後はいつも嚙み締めるのに、学習しない。これぱかりは齢《とし》をとって忘れっぽくなった所為ではないのである。若い頃からそうなのだ。なら何故調子になんか乗るのだ。こうなることは判っているだろう。

——いや。

今はそんな、自《おの》が半生を振り返って反省しているような状況ではないのだ。問題はこの小鉢の中の卵なのである。

目玉焼きにはできない。

徳一の目玉焼きは一個が基本だ。小鉢の中の二つの卵は既《すで》に不可分である。黄身は独立しているが、白身は完全に混じり合っている。これを分離して焼くことは不可能だ。

このままラップをかけて冷蔵庫に入れれば保存することは可能であろう。

卵はまだ二個残っている。昨日みよし屋で四個パックを買ったのだ。

ならば残っている二個のうち一個を目玉焼きにすればいいのではないか。それで当面の問題は解決する。

——いやいや。

それでは駄目だ。

問題を先延ばしにするだけだ。

冷蔵庫を開けてこの小鉢を目にした明日の徳一は、同じように煩悶《はんもん》するのに違いない。そして今日と同じように問題を先延ばしするかもしれぬ。その場合、果たして明後日の徳一はどうするか。

結局卵は傷むのではないか。

捨てる羽目になるのではないか。

そんな勿体《もったい》ないことはできない。それこそ罰《ばち》が当たる。

この卵は生命である。いや、生命になる筈《はず》だったものである。それを戴いて徳一は命を永らえている訳である。ただ割って捨ててしまうなど、そんなことは断じてできない。

畏れ多い。

徳一はもう一度昼食の組み立て直しをしようと思った。

先《ま》ず――。

何故に目玉焼きであったのか。

徳一は普段、それ程目玉焼きを食べない。

朝食にパンをあまり食べない所為だろう。だからこそいつまで経っても上手にできないのであるが。

そもそも、目玉焼きという料理はどう食べればいいのか。

死んだ桜井は醬油《しょうゆ》をかけて食べていたと思う。能《よ》く覚えている。半熟気味の黄身と醬油が混じるのが美味《うま》いのだと言っていた。秩父の鉱泉に行った時、茂田はソースをかけた。山井と岡島はどうだったか。マヨネーズを付けていた奴がいたようにも思う。わざわざ仲居に持って来させたのではなかったか。そう、山井だ。変だと言ったら、茹《ゆ》で卵にはマヨネーズを付けるだろうと言い返された。茹で卵は塩だ。塩以外考えられない。川田にその話をしたら、目玉焼きは塩胡椒《こしょう》で味が付いているから何もかけないだろうと言われた。

だから——。

まあ、どうでもいいのだろう。

それが困るのだ。和食なのか洋食なのか。

その辺りがはっきりしないから、徳一は目玉焼きをあまり作らないのである。合わせようがない。煮物にも焼き魚にも合わない。単純かつ没個性的な立ち位置を装ってはいるが、それでいて目玉焼きはかなり主張する食べ物なのだ。何にでも合うようなふりをしているが、実は結構相手を選ぶ。前に出る。それでなくとも徳一は料理のヴァリエーションが少ない。その中で付け合わせにできそうなものはサラダくらいしかない。

しかし。

――そうだ。

あのソーセージだ。

昨日、欲しくもないのに買ってしまった老人には多少脂《あぶら》っこ過ぎるソーセージである。欲しくなかったとはいえ買った以上は食さねばなるまい。そこで、早速食べてしまおうと思ったのである。

徳一は最初、ソーセージを輪切りにしてキャベツと一緒に炒めてしまおうと考えたのだ。それは、買った時から頭の中に浮かんでいたイメージ通りの料理法である。

だが、吟味した結果やめた。

一袋である。しかし短いとはいえ十五本は入っている。

徳一は食が細い。これを一度に炒めてしまうのは、いくら何でも多い。

ソーセージを基準にしてキャベツの量を決めてしまうと、もうフライパンに入り切らない量になってしまうのではないか。

二回か三回に分けるしかあるまい。

ただ、同じメニューを三回喰うのはどうか。こんな脂っこいものを三食喰うのは何だか嫌だ。三日に分けて食べたとしてもどうか。飽きるだろう。

いくら年寄りだといっても、変化をつけねばなるまい。

そこで――。

先ず、そのまま食べてみようと思ったのだ。

パッケージには食感がどうとか書いてある。

開発した食品メーカーは、その辺りで努力をしたに違いない。

味よりも食感なのだ。ならば、刻んだりせずにそのまま食べてみるというのが礼儀ではないのか。その、開発者が手塩にかけたのであろう自慢の食感とやらを存分に味わうためには、素人が妙な手を加えたりしない方が良いに決まっているのだ。徳一の好みに合うか否かは別として、それがこの食材の売りである食感とやらを体感するためのベストな食し方であることは疑いようがない。

ただ、そのままといっても、冷たいまま食べる訳にはいかないだろう。喰えないことはないのだろうが、美味くないだろうし、腹を毀《こわ》してしまいそうだ。それ以前に冷やされたままだと肝心の食感とやらを味わうことができない。ソーセージは冷やして喰うものではない——と思う。

冷蔵庫から出し、常温になるまで待つか。いいや。それは何だか胡乱《うろん》だし、きっと無理だ。どの時点で常温になったのか確認する術《すべ》を徳一は持っていない。表面は常温になっていても芯の方が冷たいなんてことは能《よ》くあることだ。頃合いを測るのは難しいし、たぶん待っている間に——。

忘れてしまう。

温めるには炒めるしかない。

と——思う。

焼く、というのはどうなのだろう。バーベキューなどをする際に串に刺したりして焼いていたような記憶もあるが、あれはもっと巨大なソーセージだったと思う。

電子レンジはない。

あるのは田中電気から買ったオーブントースターだけだ。

トーストと餅は焼けるのだ。そういう表示はちゃんとある。だがこれでソーセージを焼いていいものかどうかは判らない。判らないが、徳一の常識ではそんなことをする人はまずいない——ように思う。

茹《ゆ》でるというのは有りだと思う。

茹でたソーセージというのは、何度も食べたことがある気がする。ただ、どのような料理だったのか覚えていない。ただ茹でればいいのか。おそらく何かと一緒に茹でるのだろうが、適した食材はきっと手許にはない。鍋でソーセージだけ茹でるのは何だかおかしい感じがする。それとも、あれは蒸していたのだろうか。そうなら蒸すのは面倒だ。面倒だし、蒸しソーセージという語感には馴染《なじ》みがない。

きっとそんなものはないんだ——と思う。

——そう。

そこで、炒めることに決めたのだ。

取《と》り敢《あ》えずそのまま四本くらい炒める。

それだけでは何だから千切りキャベツを添える。

飯はあるのだ。徳一は毎日、朝昼晩三回で食べ切る量の飯を炊く。朝作った大根の味噌汁もある。これに合わないものなら却下である。この場合、炒めたソーセージと千切りキャベツなら――。

まあいいか――と、いう線だと徳一は思った。

トンカツ定食だって付け合わせは千切りキャベツである。あれはソースをかけて白米と一緒に喰うのだ。トンカツがソーセージに変わったと思えばいいではないか。充分飯のおかずになり得る献立ではないか。

だが。

キャベツ山盛りに対し、ソーセージ四本は如何《いか》にも貧弱である。かといってこんなもの五本も六本も喰えはしない。それでも、何だか物足りないのは事実である。

そこで――。

――目玉焼きだ。

ソーセージと目玉焼きの相性は良いと思う。ソーセージの強い個性は、目玉焼きの自己主張を退けることなく、互いに引き立て合い、調和する性質のものである。

と、味覚中枢が暗黙の内にそう告げたのだ。徳一は己の感性を信じ、迷わずにそのプランを採用した。その段階で、若干の浮つきがあったことは否めないと思う。

最初にキャベツを刻んだ。既に皿に盛ってある。

次に目玉焼きを作り、それから後にソーセージを炒めようと考えたのである。そこで完全に浮かれてしまったのだ。

——浮かれたんだ。

何だって調子に乗ったものか。嬉しいことなど何もない。予感すらしない。それで調子に乗る自分が徳一には解らない。後悔先に立たずとは蓋《けだ》し名言である。

——何が。

オジいサンが料理をしていますよ、だ。

莫迦《ばか》じゃなかろうか。

きっと普段見向きもしない若者っぽい食材を扱っているという、ただそれだけのことで徳一は舞い上がってしまったのだろう。何と愚かしいことだろう。それで、浮かれた挙げ句のこの為体《ていたらく》である。

どうしろというのか。

——この卵。

キャベツとソーセージは決まりなのだ。

徳一はキャベツの盛られた皿と袋に入ったままのソーセージとまだ熱いフライパンと俎板《まないた》を眺め回し、溜め息を吐《つ》いてから手許の小鉢の中を見た。

取り敢えず活きの良い卵だ。黄身の色も濃く、盛り上がり方も張りがあり、瑞々《みずみず》しく艶もある。美味そうな卵である。このまま醤油を垂らして掻き混ぜて、白飯にかけて喰いたくなる程だ。

イメージすると、もうそれがいいような気がして来る。

美味そうだ。きっと美味いに違いない。

だが、いけない。

このキャベツはどうする。卵かけご飯を掻き込んで、然る後にキャベツだけ喰うのか。それはどうか。キャベツだけ食べるというのは兎《うさぎ》みたいじゃないか。

そして、ソーセージはどうする。

——買うべきではなかった。

これを買ったばかりにこのような災難に見舞われる羽目になったのだ。

持て余しているのである。これは徳一の手に余る食材なのだ。つまりこれを買った時から、徳一は調子に乗っていたのではないか。

いや、そんなことはないと徳一は思い直す。

そして、どうであれ後悔は先に立たぬと、再度噛み締める。

先人は賢い。

俚諺《りげん》格言は、時に相反することを謂《い》うのだけれど、それでもいずれ真理ではあるのだ。相反する内容となるのは、如何なる状況においても自戒を促すためなのだ。だから何かしら常に心に留めておくべきものではあろう。

「いや、だから」

そんなことはどうでもいいのだ。今はこの二つの卵の処遇こそが問題なのである。

キャベツとソーセージに合うもの。

で、飯のおかずに相応《ふさわ》しいもの。

――オムレツか。

オムレツなら作れる。

徳一は冷蔵庫を開けた。オムレツなら、牛乳が要るのではないか。牛乳は――。

――ない。

買っていない。

飲む習慣がない。小さいのを偶《たま》に買うが、気が向いた時にしか買わない。常備などしている訳がないではないか。冷たい牛乳などごくごく飲んだりしたなら、それこそ腹を毀す。

と、なると。

玉子焼きしかあるまい。

――玉子焼きか。

徳一は暫《しば》し呆然とする。不得手なのである。

今更出汁《だし》など作れないから出汁巻玉子にはできない。

取り敢えず攪拌《かくはん》する。

箸を突っ込んで黄身を崩す。妙な罪悪感がある。

徳一はえいや、とばかりに掻き混ぜた。納豆と違って手応えがない。混ぜる限度も能《よ》く判らない。混ぜても混ぜても、黄身と白身は混じり合うものではない。

まあいいか、という辺りで、塩と砂糖を加える。

この加減が判らない。

この段階では味見もできない。出汁の代わりに醬油をひと垂らしする。これもまた微妙である。人れ過ぎると茶色になってしまう。しかも塩辛くなり過ぎる。

どうも不安である。

あの時調子に乗らなければ今頃はもう食べられていただろうに。

何という無駄だろう。

とはいえ。

予定がある訳ではない。

無職の独居老人に時間的な制約などないのだ。昼食が十分遅れようが一時間遅れようが、誰も困らない。即ち怒られもしない。規則正しくできたところで、誰も喜ばない。即ち褒められもしない。

なら——。

いいのだ。

いいのだが。

この、焼き方が難しいのだ。徳一は他のことを考えることでその難しさから目を逸らそうとしているだけだ。現実から目を逸らすなど、年長者としてあるまじき態度ではないか。苦手でもやるしかない。やると決めたのだ。

徳一は再びガスコンロのつまみを回す。

点火する。

冷めかけたフライパンを熱する。油は既に引いてある。このフライパンの温まり具合がまた微妙なのだ。熱ければ良いというものではない。焦げてしまう。

火を弱めて。

少しだけ溶いた卵を入れて。

薄く焼いて、いい具合で——。

「あ」

また徳一は声をあげた。

フライ返しが要る。薄く焼けた卵を巻いて、次を流し込んで、また巻いてまた流し込んで、そうして焼くのだから、巻く道具が要るではないか。

フライ返しは流しの下の扉の裏にあると思う。出してはいられない。しかしここで火を止めてしまっては、妙な具合になる。しかも箸と小鉢で両手が塞がっている。置いて開けて探して取ってをしている時間はない。

いや、時間はあるのだが、そんな余裕はない。

心の余裕がないのだ。

――箸だ。

そうしているうちに最初の卵はもう良い具合である。

――箸で。

「ああ」

失敗した。破けてしまった。何度か繰り返す。

もう駄目だ。限界である。次を投入せねばなるまい。

「あああ」

入れ過ぎだろう、これは。いや、これは拙《まず》いのじゃないだろうか。

焼けている。見ているうちにどんどん焼けている。

もう――。

仕方がない、と徳一は思った。

一息吸って、それから総ての卵を流し入れた。

それから――。

箸でフライパンの中を掻き回す。

玉子焼きを諦めて煎り卵に企画変更したのである。スクランブルエッグという奴である。

これは、もう見場《みば》も何もない。

焦げる前に混ぜ切ればいいのだろう。

「よし」

そこで火を止めた。

取り敢えずその手のものだ。

皿に移す。かなりフライパンに卵がくっ付いている。このままソーセージは炒められまい。

――洗おう。

水道の栓を捻り、蛇口から迸《ほとばし》る水流にフライパンを翳《かざ》す。

じゅう、という音とともに水蒸気が上がった。

スポンジで擦《こす》った。

洗剤は付けずとも良いだろう。まだ使うのだし。表面に付着したものが取れれば良いのだ。

水に晒《さら》されてフライパンはすぐに冷める。しかし柄の部分だけはまだ熱い。

水を切って、コンロに載《の》せ、また火を点ける。

そこで徳一は何とも言いようのない自己嫌悪に襲われた。

最前からずっと独り言のようなものを発している自分が嫌になったのである。

まあ、かけ声や悲鳴のようなものではあるのだが、それがまた嫌だった。

独り言は発狂の前兆だと徳一は思う。

言葉というものは、コミュニケーションのために編み出されたものなのであろう。

独り言は、コミュニケーションなき言葉だ。

誰もいない海上で空に向けて発砲するようなものである。それはもう弾丸の無駄遣いでしかない。標的も何もないのであるし、練習にすらならないだろう。それを定期的に、かつ当たり前のようにするというのであれば、それはもう狂気の域に達しているのではないか。

機械や道具に話しかける者もいる。

徳一はおかしいと思う。

機械も道具も人の言語を解しはしない。解すどころか、そんなものには意識すらない。話しかけてどうにかなるという道理はない。

冷静に考えるなら、それは異常行動であろう。

しかし意外に、その異常行動は許容されている。現役時代にそうした異常行動を執る同僚や部下や上司はかなりいて、それは悉《ことごと》くスルーされていた。

思うように動かない機械に向けておいおいしっかりしてくれよと話しかける同僚の声を耳にする度に――しっかりするのはお前さんだよと徳一は思ったものだ。

壊れてでもいない限り、作業が上手く行かないのは機械の所為ではない。操作の仕方が悪いのである。誰が何と言おうとしっかりしなければならないのは操作している人間の方である。

考えるまでもない。

万が一、機械側に支障があったのだとしても、話しかけて直る訳がない。まだ叩く方が理に適っている。物理的な衝撃が加われば、切れた回線が繋がって正常に戻ることだって万にひとつはあるやもしれぬ。でも、言葉ではどうにもなるまい。

あれは、思うに何か得体の知れぬものに話しかけているのだろう。機械や道具を人に見立てたり、その場にいもしない自分以外の何かを幻視したりしているのだ。

そんなのはもう、オカルトの世界だ。

オカルトはいかんのではなかったのか。そういう胡散臭《うさんくさ》いものはいかん、非科学的だ信じられん、信じる奴らは頭が悪いのじゃないかと公言して憚らぬ連中が、ぶつぶつぶつぶつ独り言を呟くのはどうなのか。矛盾ではないのか。

自分自身に話しかけているのだとしても、大差はなかろう。

自分が話しかけているのだから、言葉を発する前に内容は知れている。聞くまでもない。

それこそ莫迦だと思う。確認作業なのか。駅員さんなんかが、何とか良し、かんとか良しと声に出して点検確認するようなものなのか。

例えば頭が痛い時に、頭が痛いと独り言を言うのは、頭が痛いことを確認しているのだろうか。自分の頭が痛いかどうか確認しなければ判らないのか。それはもう、痛いとかいう前に頭が機能していないことになりはしないか。

そんな訳で徳一は、独り言を嫌うのだ。

呟き始めたらもう駄目だろうと思う。

特に年寄りはいかんと思う。

何だかボケの兆候のようにも思う。無意識に呟いているような時は、もう人としていかんと思う。

——だが。

この度は、ああとかううとか、呻《うめ》き声のようなものだ。言語として体《てい》を成していると思えるのは、よし、くらいのものだろう。

——ギリギリセーフだな。

徳一はそう思うことにした。そしてフライパンを熱し過ぎていることに気づく。こんなに熱くすることはない。洗った時についた水はすっかり蒸発してしまっている。最後の一滴が球のようになってフライパンの上を転がって、消えた。

油を差さねば。

——撥《は》ねるか。

いや、水気がないのだから大丈夫だろう。

馴染まない。面倒になったのでとにかくソーセージを入れることにする。

「あ」

まだ袋を開けていない。

熱する前に開けておくべきだった。

料理は普《あまね》く下準備が肝心になる。準備の準備、その準備、準備の積み重ねこそが何よりも肝要《かんよう》なのである。下拵《したごしら》えをしなければ決して完成はない。下拵えにも準備は要る。食材を揃えておかなくては、話にもならない。

先ずは袋を開けるところからである。

まったくもたもたしている。

その上、また声を出してしまっている。

実際、このソーセージとは相性が悪い。

徳一は袋を手に取り、開け口を探した。

——ない。

フライパンはどんどん加熱されて行く。

危機一髪だ。

袋を抓《つま》み、うんと力を入れて引っ張った。

開かない。

力がないのだ。老い耄《ぼ》れだからだ。情けないこと甚《はなは》だしい。フライパンから煙が上がり始める。油がなくなってしまう。早くせねば。しかし、手許が狂えば中のソーセージをばら撒いてしまい兼ねない。

——鋏《はさみ》はなかったか。

電話の横のペン立てに挿《さ》してある筈だ。

——そんな時間はない。

ぱき、と音を立てて口が僅《わず》かに開いた。ここで力の加減だ。力任せはいけない。何ごとも加減が大事だ。

「やった」

上手に開いた。

――独り言を言ったか？

そんなことは後回しである。四本だ。四本抓み出すのだ。

フライパンに放り込む。順番に入れるのではいけない。時間差が出ると火の通り具合にムラができてしまう。一度に入れなければいけない。

成功した。

いや、ここで気を抜いてはならぬ。

好事魔多しと謂う。勝って兜《かぶと》の緒《お》を締めよとも謂う。

先人の貴重な戒めである。まったくその通りだろう。

況《まし》て――。

好事でもなければ勝ってもいないのだ。

ここで成功と高《たか》を括《くく》ることこそ、してはいけないことであろう。まだ調子に乗っているということにもなろう。

箸先で弄《いら》う。

どのくらい加熱するのが宜しいのか、そこは判らない。餅の様に膨れる訳ではない。

即席麵のように柔らかくなる訳でもない。食べ時は不明だ。

ここは勘を働かせ、かつ慎重に行きたいところである。

焦がしてはなるまい。いや、僅かに焦げ目がつくくらいがいいのか。

もう徳一は己が人であることも、七十を越していることも、益子徳一という個人であることも忘れている。箸だ。

箸になれ。

――もういい。

徳一は素早く火を止めた。

――これでいいのか。

能《よ》く判らないが、納得しよう。

皿に移す。

珍妙な料理ができ上がった。

山盛りの千切りキャベツ。それと同じか、それ以上のヴォリュームの煎り卵。貧弱なソーセージが四本。食卓に運ぶ前に――徳一は考え込んでしまった。

自分が作った料理とは思えない。

と――いうかこれは料理なのか。

暫《しば》く眺め、煎り卵を半分器に移し、ラップをかけて冷蔵庫に仕舞った。

これが多いのだ。

煎り卵は冷えていても喰える——と思う。それが美味いのか不味《まず》いのかはこの際どうでもいい。キャベツは、まあこのくらいなら完食できそうな気がする。

徳一は残りのソーセージが入った袋の開いた口を幾重にも折り曲げて、輪ゴムで括り冷蔵庫に入れた。フライパンを流し台に移し、水を入れ、卵を溶いた小鉢も水に浸けた。

食卓に珍妙な料理を置き、予《あらかじ》め温めておいた所為でもう冷めかけていると思われる味噌汁を椀に注ぎ、茶碗に飯を盛って食卓に並べた。

そして気づく。

これは、何をかけたものか。

キャベツはソースだろうが。

煎り卵は醤油じゃなかろう。

これは味が付いているからいいのか。

——取り敢えず喰ってみるか。

というより喰うしかあるまい。

随分《ずいぶん》と時間をとってしまった。この分では夕食の時間にまで影響が出るのではないか。出るだろう。ソーセージは腹もたれしそうだし、キャベツは大量だ。この衰えた胃が短時間で消化できるものには見えない。

夕食を遅らせるか。

それ以前に、午後に田中電気が来ると言っていた。

食事中に来られては堪らない。食事中ならまだいいが、喰う前に来てしまっては喰えなくなってしまう。

いくら若造だからといっても、出直せとも言えまい。

向こうにも予定があるだろう。徳一は馴染みの客だが、お得意様と言われる程田中電気に貢献してはいない――らしい。当然他の家も回るのだろうし、仕事なのだから巡回ルートは効率的に決めている筈だ。何と言っても仕事第一である。

かといって、電気屋が来ているというのにもぐもぐ飯を喰い続けるというのもどうだろう。それは失礼ではないか。いくら若造だからといっても――そして幾らじでじとやらを売りつけようとしている若造だからといっても、そこはやはり敬意を払うべきではないだろうか。

来たら最低三十分はいるだろう。いや、一時間はいるか。

完全に冷める。

温め直すことはできない。電子レンジはないのだ。いや、下手をすれば電子レンジを買わされる羽目になってしまうかもしれない。以前、年寄りの独り暮らしには便利だから買えと言っていたような気がする。

それ以前に——。

若造にこんな珍妙な料理を見られたくない。

年寄りでも僅かばかりの羞恥心《しゅうちしん》はある。手間をかけたような気になってはいるけれど、所詮《しょせん》失敗した目玉焼きと刻んだだけのキャベツでしかないのだ。しかもメインがソーセージだ。若い者の目から見れば、汚らしくて侘《わ》びしいだけのものだろう。

——こんなものばかり喰っていると思われるか。

蔑まれるのは別に構わないが、誤解されるのは嫌だ。でも言い訳をするのはみっともないと思う。

来たら——。

どうする。隠すか。捨てるか。そんな罰当たりなことはできない。

これだけ苦労して喰えないというのはどうか。

美味いかどうかは別問題である。食材も、料理に費やした時間も、体力も知力も何もかも水泡《すいほう》に帰《き》してしまうではないか。

——拙《まず》いなあ。

徳一はなんだかうんざりして、そこで時計を確認してみた。

台所に立ってから三十五分が経過していた。

——そんなものなのか。

徳一は、優に一時間半か二時間、卵やソーセージと格闘していたような気になっていたのである。三十分程度なら、いつもの所要時間とそう変わらない。

プラス十分、いや七八分というところか。

これは――。

――得をした。

徳一の胸中に、何か理由の知れない希望のようなものが芽生えた。二時間だと思ったら三十分。体感は二時間だが実質経過したのは三十分。これは、三十分で二時間分の人生を送ったということになるのではないのか。

――四倍だ。

これは凄いことなのかもしれない。残りの人生、十年は生きるとして、このペースが維持できれば四十年の体感である。

四十年といえば大変な長さだ。

生まれた子供が四十になる。もう一度小学校に入り直したっていい。中学校も高校も大学も卒業できる。就職して、役付きくらいまで行けるだろう。たった十年でだ。

まあ、実時間が伸びる訳ではないのだから、それは不可能ではあるのだが、そのくらいの諸々が体験できることになる。

そうすると――。

——いや待て。

どうしたらそうなるのだ。

いったい何故にそんな体感を得ることができたのだろう。夢中だったからか。集中していたからか。いつもと違うことをしたからだろうか。困ったからかもしれない。いいや。いつもと違うことをして、要領が判らずに困って、挙げ句に集中せざるを得なくなって、結果夢中になっただけだ。

そうし続ければいいのか。

困り続けるのか？

——いやいや。

徳一は首を振る。

そんなのは疲れるだけである。十年は、十年で良い。

——何でもいい。

取り敢えず。取り敢えず食べなくては電気屋が来る。

食べてみた。先《ま》ず味噌汁だ。

これは今朝と同じ味だろう。

案の定やや温《ぬる》い。でも仕方がない。当然朝の方が美味かった訳だが、これがまあ残り物の喰い方としては順当なのだ。不味くもない。

キャベツにソースをかける。生の千切りキャベツに醬油をかけて喰う奴はあまりいないだろう。徳一はそう思う。醬油が好きな桜井だってかけないだろう。桜井は何にでも醬油をかけるのだ。

いや、かけたのだ。

死んでしまったのだから過去形だ。

そんなにだくだく醬油をかけると塩分取り過ぎでおかしくなるぞと岡井《おかい》さんが能《よ》く言っていた。高血圧だか動脈硬化だか脳血栓だか、何だかんだと講釈を垂れていた。

桜井はゲラゲラ笑ってそうなったらそうなった時ですよなんぞと返していた。

実際そうはならなかったのだが。

桜井は喉頭癌《こうとうがん》で死んだのだ。

塩分過多と喉頭癌に因果関係はあるのだろうか。

いずれ、徳一は薄味を好むから関係ないのだが。

——ソースでいいだろう。

生なのだし。

トンカツの付け合わせの千切りキャベツにはソースを一緒にかけてしまう。

——違うか。

ドレッシングかもしれない。徳一がかけてしまうというだけのことなのだろうか。

そもそも、あれはトンカツソースなのであってキャベツ用ではないのだろう。そして今徳一がかけたのは中濃ソースである。ウスターとトンカツと、どちらにでも使えるかと思って真ん中の奴を買ったのだ。

――半端なだけだった。

兼用というのは良くないと思う。ひとつで両方に使えますというような便利グッズは、大抵どちらにも使えないのだ。帯に短し襷《たすき》に長しということになる。特化したものには敵《かな》わない。

――と、いうことは。

普通はドレッシングなのだろう。キャベツは。

しかし、ドレッシングは買っていない。あれは種類が多過ぎて、どれが美味いのか判らないのだ。いや、どれも美味いのだろうが、好みはあるだろう。即ちどれが好みなのか判らない、といった方が良かろう。

それはもう種類が沢山あって、どれもこれも味が違うというのだから困りものである。しかも、醬油味とか味噌味とか、甘いとか辛いとか、そういう判り易い名前や表示がない。

サウジアラビアだかイタリアだか、聞いたことのあるようなないような横文字が片仮名で記されているだけだ。その上すぐに新製品が出る。

以前一度買って、結構美味いと感じたものだから、もう一度同じものを買おうとしたらば、もうなくなっていた。似たようなものはあったのだろうが、どの製品がそれに近い味なのか徳一には判らなかったのだ。その辺が困る。それ以降買っていないのだ。

取り敢えず喰う。電気屋が来てしまう。

パリパリした食感だ。キャベツ自体は美味しいのだが、ご飯のおかずにするには多少難がある。千切りがもう少し上手ならいいのだろうが、徳一の腕前では千に満たない。六百くらいだ。一本一本が太いので、パリパリするのだ。

味噌汁でもう一度口中に水気と塩気を与え、飯を頬張る。

能《よ》く噛む。

——さて。

この、異様な煎り卵だ。

出来が悪い。見た目も醜い。当然である。これは失敗したものなのだ。目玉焼きが玉子焼きに、そして煎り卵に段階を経て落ちて行き、ここに落ち着いたのである。見場が良い訳がない。味の保証もない。スクランブルエッグならケチャップを添えるのだと思う。でもこれは煎り卵だ。醤油も混じっている。そもそもケチャップの買い置きはない。

——まあ、味は付いている筈だ。

それにしてもこれは箸で——食べにくい。摘《つま》みにくい。掬《すく》いにくい。行儀が悪いけれども仕方がない。

徳一は皿を手に持って縁を口に当て、煎り卵の一部を掻き込んだ。

何と行儀が悪い所作だろう。

——まあ。

喰える。いいや、意外に美味いかもしれない。

キャベツの素っ気なさと、卵の微妙な温かさ、そしてこの食感の違い。これはこれで、まあいいのではなかろうか。しかしこうなるとソースが宜しくない。中濃ソースの甘酸っぱいような味が浮いている。やはりドレッシングを開拓しておかねばなるまい。しかしあれは種類ばかり多くてどれがどんな味なのか見ただけでは判らない。そもそも——。

——それは今さっき考えた。

食感というなら、食感自慢のソーセージだろう。これが凡《すべ》ての元凶なのだ。元凶というより発端《ほったん》か。それはどちらでも同じことである。

一本摘む。

てらてらとしている。

脂っこいものを油で炒めたのだからこれは当然のことである。

三分の一程齧《かじ》り取った。

――慥《たし》かに。

徳一には新しい食感だ。蒲鉾《かまぼこ》でもないし肉でもない。だが、そうした徳一の感想はソーセージ類全般に対するものであるようにも思う。他のソーセージとどう違うのかまでは判らないからである。

嚙む。塩気が強い。飯が進む。

能《よ》く嚙むのだ。味が能く判るように。食べ慣れないものを食べる時は特に入念に味わうべきだろう。もう二度と食べないかもしれないし、もしかしたら好物になるかもしれない。

喰わず嫌いは徳一の信念に反する。

口に入れた以上は充分に味わう。然る後に嫌えばいいのだ。

嫌う要素はあまりなかった。寧《むし》ろキャベツの方に難渋した。好物の筈なのだが、どうもいけない。やはり中濃ソースの味が浮いてしまっている。キャベツの旨味が損なわれている。

食べ進み、食べ終わる頃になって、ソーセージの油や煎り卵から出た汁とソースの馴染んだキャベツが絡まってからの方が美味かった。

──手抜きはいかんなあ。

もう一手間かければもっと美味かったのだろうと徳一は思った。折角《せっかく》のキャベツが勿体《もったい》ない。と、いうかソーセージは意外に喰える。

これを美味く感じるのだから。

──まだまだ若い。

そんな、ありきたりのフレーズを思い浮かべて、徳一は間髪《かんはつ》を容《い》れずそれを否定した。自戒せねばならぬ。こうした軽薄なフレーズが調子に乗る原因となるのだ。

食べ終わり、食器を流しに片付ける。

洗う前に茶を飲むのが昼食後の習慣である。薬缶《やかん》に水を入れて火に掛ける。

電気ポットというのが嫌いなのである。

──沸く間に洗えばいいのだろうが。

それは毎日思う。

もう何年も、下手をすれば何十年も思っている。だが、徳一は頑として茶を飲み終わるまで洗い物はしないと決めているのだ。

理由は能く判らない。

──無駄がいいのだ。

働いていた時分は無駄だ無駄だと色々なものを切り捨てていたものだ。

実際、無駄遣いはいけないと思う。浪費は愚かだ。

しかし便所に行く時も資料を片手に持ち、電話し乍《なが》ら伝票を付けるような時間の節約の仕方はどうなのか。時は金なりというのは解るが、そうだとしても卑し過ぎはせんか。

まあ、個人の利益というよりも、社益やら公益やらを重視しなければならない立場であった現役時代はともかくも、リタイアしてしまった後はそこまで合理性に追われる必要もなかろうと思う。そもそも時間は売る程あるのだ。腐る程ある。節約したって余るだけである。

湯が沸くまでの間くらいは、いいのだ。

水蒸気が出て来た。徳一は急須に茶葉を入れる。正式な淹《い》れ方はしない。と、いうか知らない。自己流である。

愛用の湯呑みに茶を注ぎ、食事をした時と同じ椅子に落ち着いて、熱い茶を飲む。

もう何度飲んだろうか。

来る日も来る日も、徳一はこれを繰り返しているのだ。その習慣はまた、湯が沸くまで薬缶を見ているという無駄な時間の積み重ねでもある。

試しに時計を見てみた。

食事が完成してから四十分経っていた。

三十分くらいかけて食べたということか。もっとゆっくり食べたような気になっていた。で、茶の準備に十分。

そんなものか。

十分の無駄。

六日で一時間の無駄。

百四十四日で丸一日の無駄。

一年で二日半程の無駄になるだろう。

十年以上続けても一箇月に満たない。

――大した無駄でもないか。

いやいや、されど一箇月である。この十年余で徳一は丸一箇月台所に突っ立って薬缶を眺めていたことになるではないか。そう考えると。

――莫迦のようだ。

達磨《だるま》大師でもあるまいに、面壁《めんぺき》一箇月で何がどうなるというのか。そんなことで悟りが啓《ひら》ける訳もないだろう。啓けたところでろくな悟りではあるまい。

まあ、無駄だ。

しかし、それは無駄としてはどの程度のものなのだろう。無駄を数値化することができたとして、これはどの程度の無駄であるのか。

徳一は考える。一分一秒を争うような生活をしている人間にとって、十年のうち一箇月を無為《むい》にするなどということは言語道断《ごんごどうだん》、致命的な損失となるであろう。大金を稼ぐ者が一秒あたりどれ程の儲けを弾き出すものなのか、徳一は知らない。最近のアルバイトが時給で幾ら貰うのかも知らない。

でも、日給一万円としたって一箇月で三十万円である。半分の五千円だとしたって十五万円だ。低い金額ではない。

しかし十年で割れば年間一万五千円である。

――月額千二百五十円だ。

より高いのか安いのか判らなくなってしまった。

金額に換算すること自体間違っているのである。

徳一は働いている訳ではないのだ。いや、まあ家事も労働のうち――なのだろうけれども、徳一の場合、その労働が経済活動に結びついている訳ではない。社会貢献もしていない。そのうえ、そうした家事労働をしていない時間こそを問題にしている訳だから、根本的にズレているようにも思う。どうであれ時間がそのまま金銭に換算できてしまうような生活を徳一がしていないことだけは間違いない。

多忙なビジネスマンと一緒にはできまい。一分も、一秒もない。

自分は――違うのだ。

時は金なり、ではないのだ。

茶を啜《すす》り乍《なが》ら、徳一は思う。

一分一秒どころか、十日でも二十日でも時間は余り放題である。足りない足りないと嘆いている連中にくれてやりたくなる程だ。

まさに余生ではないのか、自分の場合は。

人生が――余っているのである。

余剰ということか。

つまり、これは無駄ではないのだ。

――贅沢なんだ。

贅沢な時間、というような言い回しには覚えがある。

まあ、安アパートの草臥《くたび》れたガスコンロの上の古い薬缶を眺め続けるという、およそ貧乏臭いシチュエーションの何処《どこ》が贅沢かという話ではあるのだけれど――そんなことに貴重な時間を費やせるという在り方こそが、得難いものであると考えることはできるのではなかろうか。

何しろ十年間で一箇月だ。

一箇月眺め続けても徳一はちっとも困らないのである。現に困っていないのだ。

これが贅沢ということではないのか。

まあ、無職の独居老人でなければ、決して味わえぬ時間でもあるのだろうし。

「うむ」

これは独り言ではない。

ないだろう、ないぞと徳一は心中で確認する。

今の発声は、欠伸《あくび》や咳払いの類いであるに違いない。

決して己の置かれた境遇や己の人生が贅沢なものであるなんぞという、半《なか》ば思い上がった気持ちになって浮かれ気分で発したセリフではない。

とはいえ。

徳一がいつもより多少なりとも良い気持ちになっていたことは間違いない。ここで敢えて時は金なりの格言に従うならば、徳一は大金持ちということになるだろう。

二十四時間の総てが自分のものである。

一箇月も一年も十年も、全部自分のものである。

使い放題だ。

ドブに捨てようがばら撒こうが、誰に文句を言われる筋合いもないのである。札で洟《はな》をかみ札束を焚き付けに使う昔のギャングのボスのように、お座敷で小判を撒き散らして遊女やら幇間《たいこもち》に拾わせて高笑いする時代劇の悪徳商人のように、もうやりたい放題なのである。

そんな姿が目に浮かぶ。

想像して――。

徳一は少し萎《な》えた。

それは調子に乗っているじゃないか。

そんなのは調子に乗りまくりではないか。

大体、そんな下衆《げす》な生き方は自分らしくないではないか。

慎ましく堅実に、社会の片隅で生きさせて貰っている――それこそが徳一のスタイルなのだ。

いじましいとか自虐《じぎゃく》的だとか、そう思わないでもないけれど、事実そうなのだから仕方がないと徳一は思っている。

要らないものは欲しがらない。使わずとも使えるものは大事に取っておく。欲しがる者がいるのなら差し上げる。使えぬものは処分する。

何ごとも分相応が良いのだ。身の程を知れ、身の丈に合った暮らしをしようと、徳一は常にそう心がけて生きて来たのである。

ギャングだの悪徳商人だの、そんなものにはなれない。

なりたくもない。

しかし、時間は――。

時間は、余っているからといって誰かにあげることはできない。忙しい間に合わない時間がないとあたふたしている者に分け与えてやることができたなら、どれ程喜ばれることだろう。喰って寝るだけの無為なる独居老人として、それは最善の社会貢献となることだろう。

でも、それは不可能である。

徳一の時間は徳一だけのもので、譲渡も売買もできはしない。

徳一の時間は、徳一専用のものなのだ。

——分不相応に時間があるのだ。

その上に——そう。四倍になったなどと浮かれていた。

十年でも多過ぎるというのに、四倍になんかなったらどうしろというのだ。

——今日はいかんなあ。

そう思う。

上がったり下がったりしている。浮かれたり沈んだり、調子に乗ったり落ち込んだり、一向に定まらない。上げ潮の木《こ》っ端《ぱ》のようだ。

——いい齢《とし》をして。

いい加減にすべきだ。

——片付けよう。

徳一は台所に立ち、汚れ物に手を掛けた。

洗い物はわりに性に合っている。

若い頃から、作るより片付ける方が好きだ。

茶碗と椀と皿と小鉢とフライパンと箸と菜箸と庖丁と俎板を洗う。付着している残留物を流し、油汚れを落として、更に磨くように擦《こす》る。泡を綺麗に流して水切り台に載せる。フライパンは錆《さ》びるのでもう一度熱して水気を飛ばす。

布巾を絞り、流し台を拭く。

コンロも拭く。

回しっ放しだった換気扇を止める。

これで元通りである。何ごともなかったかのようだ。

元通りというのは、蓋《けだ》し良い言葉である。上がりも下がりもしない、凪《な》いでいるのが何よりも良い。

時計を見た。十分強である。

体感時間もそんなものである。

十分くらい経過したなと思って時計を見れば、十分が経過している。十分経過したことを確認した時点で、十分くらい経ったような体感がある。

現実と己がぴたりと同調しているではないか。

こうでなくてはいけないのである。己のテンポに合わぬ調子に乗っかるような無茶をしてみたり、伸び縮みする筈もない実際の時間を伸ばしたり縮めたりする幻想を抱いたり、そんな不自然な在り方に一喜一憂してみたり。

剰《あまつさ》え。

そんな在り方に希望を見出してみたり――。

愚かしいではないか。

布巾を濯《すす》ぎ、絞って干す。

急ぐことはない。干し乍《なが》ら徳一は考えた。

急いだり、同時に幾つかのことをやったり、端折《はしょ》ったりして時間を節約するのは間違っている。

時間に対して己を激しくしたり折り畳んだり震わせたりしているだけだ。

鰡《とど》の詰まり、自分を消耗させるだけである。そんな代償を払ったところで、現実の時間が伸びる訳ではない。効率効率と言うけれど、所詮個人が磨《す》り減《へ》っているだけのことである。

そして。

無駄な時間というのも――別にないのだ。

時間は時間なのであって、どう感じようと何も変わらない。

十分は十分、きっちり十分だ。

徳一が何をしようが、何もしなかろうが、十分は十分でしかないのだ。

それを無駄と思うか有益と思うかは徳一次第である。長く感じようと短く感じようと、それも徳一次第である。

徳一の中で徳一だけの時間が、伸びたり縮んだりしているだけのことだ。結局帳尻は合うのだ。伸びて縮んで元通りなのである。

元通りだからいいのだ。

徳一は濡れた掌《てのひら》をタオルで拭いた。

何と老いさらばえた指だろう。爪も関節もすっかり古びているではないか。刻まれた皺《しわ》も筋もよぼよぼだ。

――まあ。

元通りだが、何もかも元通りという訳でもないのだなと、徳一は思う。

たぶん、さっきより今の方が、衰えは進行している。

徳一は余生を送っている。

時間は有り余る程にある。

その余った時間をどう使おうと一向に構わないという、お墨付きを貰っているような身分なのだ。ただ突っ立っていようと寝ていようといいのである。

つまり、徳一は自由なのだ。

自由でいられるということは素晴らしいことだ。悪いことではなかろう。だが、自由というのは思いの外、尻の据わりの悪いものなのである。

縛るものがない。舫《もや》い綱も錨《いかり》もない。

糸の切れた凧のようなものだ。

何とも儚《はかな》げな、心細いものだ。

だから人は、自由自由と題目のように叫び乍《なが》らも不自由でいることに甘んじているのだろう。

不自由でいなければ自由の素晴らしさが解らないからだ。自由になると、途端に何だか怖くなってしまうのである。

それは齢をとっても変わらない。

成長したって老成したって変わらない。

特に徳一の場合、自由度は顕著であるだろう。

徳一には家族もない。社会的な地位も名誉も財産も、何にもない。未練だのしがらみだの、そうしたものがまるでない。縛るものはひとつもないのだ。

日本国民としての、地域住民としての、幾許《いくばく》かの義務と責任とが、ほんのちょっぴりあるだけである。

まるっきり自由なのである。

だから初めて独りでお出かけをした幼児のように、徳一はいつだって心細いのだ。

心細いけれど、こんなに古くなってそんなことを言ってもいられないから、何だかんだと理屈をつけてそれを誤魔化しているのだろう。

——もう。

ずっと、独りきりだというのに。

慣れないものだ。

玉子焼きの焼き方と同じで、何度やっても学習しない。

覚えないし慣れないから、しくじってばかりいる。その度に文句を言い、言い訳をしている。

誰に向けてでもなく。

それは、声に出していないというだけで、引っ切りなしに独り言を言い続けているようなものではないのか。

徳一の頭の中は、御託《ごたく》と釈明《しゃくめい》で一杯である。

「仕方がないな」

声に出してそう言ってから、徳一は玄関のドアを眺めた。

——遅いじゃないか。

田中電気。

じでじとやらの説明をするんだろうが。

オジいサンにも解るように説明できるのだろうか。あの若造は。

まあ時間はたっぷりあるのだから、ゆっくり聞いてやろうじゃないか。

早く来ないかなと、柄にもなく思っている徳一は、まだ調子に乗っているのである。

七十二年六箇月と6日

午後1時14分〜45分

オジぃサン——。

だって簡単に使えますって。

そう言われたのだが。

「みんな、何だってそう言うんだよ」

益子徳一はわりにぞんざいな口の利き方をした。

気に入らなかった訳でもないし悪態を吐《つ》いた訳でもない。

田中電気がお爺さん、と言った時の口調が、比較的正しいイントネーションであるように思えたからである。そちらの方にばかり気が行ってしまったので、話の内容の方がふっと飛んでしまったのだ。その結果、いったい自分が何の説明を受けているのだか、瞬間的に判らなくなってしまったのである。いや、健忘症のようにものの判別がつかなくなってしまったという訳では決してないのであるが、もう、どうでも良くなったというか、注意力が散漫になってしまったのである。

——正しいな。

取《と》り敢《あ》えず何もかもを一旦棚に上げて、徳一はそう思ってしまった訳である。

しかし、考えてみれば、いや、考えるまでもなく正しい正しくないという基準で峻別するのはおかしいのである。そんなものに正しいも正しくないもないだろう。

単に、徳一がそうだと思う発音や抑揚に近かった、というだけである。そうだと思う発音や抑揚というのも、好ましいとか聴き取り易いとか、そういうことではない。

徳一がそうだと思うお爺さんの発音や抑揚というのは、何日か前に見知らぬ子供が発したオジいサンという呼びかけのことなのであり、要するにこの間公園で耳にしたそれと近いかどうかという判断があるというだけのことだ。

自分が発したものも含めて、徳一はここ数日幾度もお爺さんという言葉を耳にしているのだが、どれもこれも公園で聞いたそれとは違っていた。今の田中電気の発音が一番近い。

何故だろう。

あの時聞いたのはこんな声じゃない。もっと乳臭い、幼児の声だった。田中電気は小僧だが、年齢的にはもう充分に大人である。声だってがらがら声だ。というか、この田中電気の二代目は既《すで》に、世間的にはおやじ、おっさんの類いだろう。小僧にしか思えないのは、単に徳一が年寄りだからだ。

「どうも嫌いみたいですねえ」

「いや、嫌いじゃあないよ。好きでもないがなあ」

そもそもあまりテレビは観ないのだ。

でも、なきゃないで困りますよと田中電気は言った。

「困らないだろう」

「いやあ、困りますよ。徳一さん、パソコンもやらないし、ケータイも持ってないんですから。情報弱者になっちゃいますよ」

「何だそれは？」

「だって、災害の時だとか困るでしょう」

「何故」

困らないと思う。ラジオもある。

「まあそうですけど、判らないでしょう」

「おかしなことを言うなあ。いくら年寄りだからって揺れれば判るだろう。幸い僕はまだ震えも来ていないからね」

地震が来ても認識できない程の状態になってしまったなら、それはもう独居老人としてはお終《しま》いではないか。そんな状態では到底独り暮らしなどできまい。それ以前に日常生活が送れない。

「グラッと来たらすぐに火を止めるよ。元栓を締めて、然る後にテーブルの下にでも潜《もぐ》る。余裕が有れば扉も開ける」

「そりゃ立派な心がけですが」

そうじゃないんですよと田中電気は言った。

「震度が幾つか、マグニチュードが幾つか、震源地が何処《どこ》で被害がどれだけ出ているか、交通機関がどうなっているか、余震だの津波だのの具合はどうか、そういうことは判らないでしょう。たぶん、ラジオよりテレビの方が対応速いですよ。それに、ピンポイントの地域情報も出ますし」

「ううん」

まあ、それはそうなのだろうが。

「あのなあ、僕は独り住まいで、しかも親類だってそんなにいないんだよ。だから地震が来ても何処にも行かないからな。移動はしない。この辺は海からも川からも遠いしね。交通の麻痺も津波も、言い方は悪いが他人ごとですよ。それに、縦《よ》しんばここがやられちゃって、このアパートが潰《つぶ》れたりしたなら、もうそんな情報は必要ないだろうさ」

情報が出た時に僕は死んでいると言った。

田中電気は苦笑した。

ああ言えばこう言う捻《ひね》くれ爺《じじい》だなあとでも思っているのだろう。

徳一もそう思う。思う反面、事実でもある。

「徳一さん、そりゃまあそうなんでしょうが、今や地震だって何秒か前にお報せが出る時代ですよ。取り敢えずは予報ですからね。世の中知ってても仕様がないことは多いですが、知っていて損ということはないです。天気予報だって昔と違って刻々と変化するんです。洗濯物干す時に便利ですよ」

「新聞で充分だがなあ」

尤《もっと》も新聞は長期予報しか出ていないのだが。地域もアバウトだし。

新聞なくなっちゃったらどうするんです——と、田中電気は喰い下がる。

「お、おい。そんな物騒なことを言うなよ。テレビに続いて新聞も廃止なのか」

「廃止じゃないですけど、苦しいでしょうねえ」

そんなことになっているのか。

新聞にはそんなことは出ていないと言うと、自分達のことは書かないですよと言われた。それもそうである。

「苦しいというのは、経営がということかな。それは、新聞を読まぬ不心《ふこころ》得者《えもの》が増えているということかね。それとも公共放送の受信料の如《ごと》く、購読料不払い運動でもする不逞《ふてい》の族《やから》が増えているのかい」

「そんなのはいないと思いますよ。そもそも新聞は強制じゃないんですから。払いたくなきゃやめちゃうでしょう。まあ、不心得なのかどうかは判りませんけども、とる人は減ってるでしょうがね」

「そうなのか」

それは――由々しき事態なのではあるまいか。

徳一が若い頃、新聞は一種のステイタスのようなものだったように思う。

新聞を読むか読まぬかが大人と子供の分岐点となっていたのだ。

幼子は新聞を手にしても、悪戯《いたずら》書きをするか、折り紙にするか、丸めるか破くかするだけである。女達は畳の下に敷くか、喰いものを包むかするだけである。念のため付け加えるなら、これは徳一が女性蔑視的眼差しを持っているが故の認識ではない。

徳一が幼少期を送ったのはそうした時代だったのだから、仕方がないのだ。

一方、家長は食卓で便所で必ず新聞を広げていたものだし、通勤途中のサラリーマンも電車の車中で折り畳んだ新聞を無理矢理に読んでいたものだ。それがやがて週刊誌になり、マンガになっていったのであり、そうした変化こそが、どうも最近の若者は堕落《だらく》したという物言いに転じていた訳である。これも付け加えるなら、徳一は別にマンガが悪いとか劣っているとか思っている訳ではない。徳一あたりの世代にとっては、新聞はやはり格が違うもののように思えてしまうのである。

そういう刷り込みがあるのだ。

何しろ、新聞を読まぬ者は社会に出ても役に立たぬとまで言われたものである。加えて、新聞配達は苦学生の定番アルバイトであり、生活に困窮し、かつ子細《わけ》あって正業に就《つ》けぬような者は、皆早起きをして新聞を配ったものだったのだ。

それもこれも新聞配達という、資格や特殊な技能習得を必要としない仕事の需要が高かったからに他なるまい。それはまた、何処の家庭でも新聞をとっていたからという事実を裏付けるものなのである。

とらないかねと言うと、とらないですねと言われた。

「どうしてだ。勧誘がいかんのか。あの、洗剤つけたり野球の券つけたりするのがいかんとか、押し売りみたいにゴリ押しして長時間粘るのがいかんとか、世間でそう謂《い》われ出したからかな」

「それはまあ、論外ですけど」

「論外なのか」

「そりゃ、今日日《きょうび》ああいう売り込みは違法ですから。やりゃアウトです。でも、それ以前にですね、新聞に載《の》る前に、みんな知ってる訳です」

「何を」

「新聞に載ってることを」

「どうして」

田中電気はテレビを指差した。

「テレビでやるでしょう。それより、インターネットとかケータイなんかで、ニュースが流れちゃうんですよ。ニュースというより、新聞記事そのものが出ちゃいますから。新聞社が流すんです」

「それは」

自分で自分の首を絞めるようなものだと言うと、そういうご時世ですから仕方がないですよと言われた。何を言っても否定されてしまう。

「より速く、です。サーヴィスですよ」

「それは——読むの無料なんだろう」

どうも解らない。

「その、テレビだって、新聞がなきゃ困るだろう。ほら、番組が判らないじゃないか」

子供は、大概テレビ欄だけ見るものなのだ。テレビ欄は新聞への入り口、人を新聞へと誘《いざな》うネオンのようなものである。

「ですから、こないだも言いましたがテレビ自体に出るんです。番組表が」

「そうなのか」

「しかも何日も先の分まで出ます。予約もできる」

番組の予約というのが徳一にはまずピンと来ない。

レストランを予約するようなものなのか。

「だがな、僕は年寄りで、その、新しいテレビも、コンピューターとやらも持っておらんし、携帯電話も所持してないんだよ。それとも何かねえ、僕だけがこんなで、他の老人はみんな、そのインターとかをやっているのかなあ」

やってませんやってませんと田中電気は首を振った。

「自分も殆《ほとん》どやりません」

「じゃあ困るじゃないか」

「そんなに困らないですよ」

「困らないのか」

どうして。

「徳一さん、テレビ観ないって言ったじゃないですか。でも困らないでしょう?」

困らない。まるで困らない。

画面にはいつだって区別がつかない無芸な連中が雛人形《ひなにんぎょう》のように並んで笑っているだけである。お前達は面白いかもしれないが観ている方は面白くも何ともない。中にはつられて笑う者もいるかもしれないが、そうでない者も多いだろう。

そんなに制作費がないのかなと思う。

もう死んでしまったが、同窓の桑田《くわた》はテレビ関係の仕事をしていたのだ。

その桑田がその昔、金も時間もない時はタレントの頭数だけ揃えて並べて笑わせておけば取り敢えず一時間くらいは保《も》つんだよ——と言っていた。

人数を増やせば出演料が嵩《かさ》むだろうと徳一が問うと、出演料の廉《やす》い連中を集めれば良い、無料《ただ》で出たがる奴だっているぐらいだなんぞと言う。桑田曰《いわ》くしっかりした番組をきちんと作るよりもずっと製作費は抑えられるのだそうである。

テレビは見栄えだけでいいんだというのが旧友の持論なのだった。

随分と視聴者をバカにした話だと内心憤ったものだが、慥《たし》かに出演料が幾価《いくら》かなど観ている者には判らぬし、有象無象がぞろぞろ並んでいるだけでも豪華な感じにはなるのであった。まあ裏側の事情など視聴者には判らないのだし、見栄えだけで良いというのも強ち間違ってはいないのかと、徳一は複雑な想いに駆られたものである。

だが、それはやはり違っているんだと徳一は後に知った。

間に合わせは、所詮《しょせん》間に合わせなのである。

それが毎日毎日各局でとなると、これはもう辟易《へきえき》してしまうだけである。

そうなるとドラマも何だか観る気が失せてしまい、ドキュメンタリーの質も落ちたような気になってしまって、結局徳一は何も観なくなったのだ。

それでも困ることはない。

困らないよと言った。

「そうでしょう。自分はテレビは観ます。電気屋ですしね。早朝から、ワイドショーでその日の新聞記事の解説をしますから。新聞受けに取りに行く前に大方内容は知れます」

「そりゃ営業妨害じゃないのか？」

さあ、と電気屋は首を傾げた。

「と、いうかインターネットだともっと速いんですよ。夜の事件は、夜のうちに判っちゃいます。アメリカの事件でもインドの事件でもすぐに判る。通信社がニュース配信する前に、色んな人が何か書き散らしますからね」

そんなに速く知ってどうするというのだろう。

さあ、と電気屋はもう一度首を傾げた。

「自分はネット好きじゃないんで、見ません。面倒臭いんですよね。ケータイも、電話するだけで、カメラもあんまり使いませんからね。ニュースは、専《もっぱ》らテレビなんですよ」

「ははあ。つまり、新聞世代の僕がテレビを観ずとも困らないように、テレビ世代の君はインターとかなしでも困らんということかな」

そういうことになるんですかねえと田中電気は答えた。

この腰砕けなところがいけないのだと思う。商売人なら多少の齟齬《そご》は承知で断言してみせて欲しい。

「まあ、なくなったら困る人もいるんでしょうから、それこそ廃止にはならんでしょうが、代替えもんがこれだけあると今まで通りの商売はできませんよ。ＣＤのお蔭でレコードプレイヤーはもう生産してないですよ。殆《ほとん》どマニア用です。その、音楽ＣＤも危ないです」

「危ないのか」

音楽ＣＤなど、触ったことがない。

一度も触らぬうちになくなってしまう文化もあるのか。

長く生きると――これだ。

そんなのいっぱいありますよと電気屋は嘆《なげ》く。

「ＶＨＤとかＨＱＶＨＳとか、ＭＤだってＤＡＴだって」

解らん解らんと徳一は手を振る。

横文字ならまだしも、頭文字だけでは何も理解できない。

長いから略すというのなら、解り易い和訳を考えた方が良いと思うのだが、どうなのだろう。

言葉を詰めたり略したりする文化は本邦にもあるが、日本語ならば詰めても略してもニュアンスは伝わる。

エーだのデーだのだけでは何も解らない。

日本にだってちゃんと言葉はあるのだ。BGだのMPくらいまでは許せたが、それ以降は駄目だ。団体だか条約だか方式だか判別できない。型番ならまだしも、意味のある言葉の組み合わせならそれなりに考慮して略して貰いたい。何もかも記号の組み合わせで済ませるようになってしまったのは嘆かわしいことだと思う。

「とにかく、何や彼《か》やとなくなる訳だ」

自分もなくなるんだろう。遠からず。

仕方がないな、と思う。

「でもですね」

妙に熱心な電気屋は、今日はいつにも増して能弁である。何が何でも売りつけようという魂胆なのか。

「何もかもなくなるなんてこたぁないんですよ徳一さん。新聞も危ないですが、危ないのとなくなるのは違いますよ、新聞はなくなりゃしません。ただ、いつまでも同じじゃいられないってだけですよ」

「まあ、どんなもんでもそうだろうが」

銭湯だってスーパー銭湯になったじゃないですかと田中電気は言う。まあこいつにしては尤もらしいことを言ったものだ。

「内湯が普及して、外湯は壊滅と謂われましたがね、どっこい家庭の風呂が普及したといっても、百パーセントじゃないんです。完全に需要がなくなった訳じゃない。それに、でっかい風呂がいいという人も根強くいますしね、だから電気湯とか、ハーブ湯とか、サウナとか、掘って温泉にしちゃうとか、そういう、内湯では無理なもんをくっ付ければ、まあ生き残りもするんです」

でも新聞は新聞だと思う。

「今は焼き芋《いも》包むくらいしか使い道はないだろう」

立派な使い道ですと田中電気は言った。

「テレビやパソコンじゃ芋は包めませんからね。畳の下にも敷けないし、端午《たんご》の節句《せっく》の兜《かぶと》も折れません」

この若造の時代でもそんなものだったのかと、徳一はやや驚く。

「まあ、本来の使い道じゃないですが、それだってどれも新聞でなくちゃできないことでしょう。ですからね、そう、十人が十人新聞を必要としていた時代が終わったというだけのことですよ」

「それじゃあ商売上がったりだなあ」

「でも需要がなくなった訳じゃないんですよ。そりゃ客が減れば経営は苦しくなるんでしょうが、そりゃ良い時期が過ぎた、つうだけのことですよねえ。町場の電気屋風《ふ》情《ぜい》が偉そうなことを言いますが、一人でもお客さんがいるのなら、廃業はできないでしょうよ。もの売りの心意気ですわ。ま」

親父の受け売りですがと二代目は言った。

何だか立派なことを言う。

「お客は増えたり減ったりするもんですよ。客が五人になったら五人、三人になったら三人の客を相手に成り立つ商売を考えにゃあいかん。そうやって生き延びて来たんですよ、小商《こあきな》いしてる者は」

まあ規模と心意気は関係あるまい。大企業と雖《いえど》も理屈は同じだろう。

「どんだけ普及した普及したといっても、インターネットなんか頻繁にやって使いこなせているのは、今だって一部の人だけですよ。爺ちゃん婆ちゃんにはまだまだハードルが高い。それなのに、新しいから、優れてるからといってですね、そっちを中心にして全体を考えるのは間違ってるでしょう。うちの町内なんかだと、パソコン使ってない人の数の方が多いですよ、きっと」

切り捨てられちゃ敵《かな》いませんよと電気屋は言う。電気屋のくせに。

「普及した方が君はいいのじゃないのか」

「コンピューターは家電じゃないんですよ。まあ、まるで扱わないって訳じゃないですけど」

田中電気はガンマンのように腰に提げているドライバーを示した。

「これじゃ修理できませんし。まあ、最近は家電もみんなそうなんですけど」

何だ。

お前も自分と一緒じゃないか。

それなのにね、と田中電気は続ける。セールスに来ている訳じゃないのか。

「ほら、みよし屋の並びの江田島《えだしま》書店の主人」

「あの婆さんかい」

それは先々代ですと田中電気は言った。

「一昨昨年《さきおととし》に脳卒中で亡くなりましたよ。今の主人は孫の謙三《けんぞう》ですよ。自分の三つ下で、体のでっかい」

「ああ。あの能《よ》く柿を盗んで喰ってた」

江田島の孫は町内を駆け回って柿を盗み、ガツガツ喰ってばかりいた。二十年くらい前に注意したら柿をぶつけられた。

こうして思い返すと猿蟹合戦のような話だ。

「あれが主人か。若いだろう」

「若くないですよ。子供が来年中学です」

差をつけられたなあと言った。田中電気は独身だ。

「あれがね、本が売れない、本が売れない、電子出版が主流になったら潰れるとか愚《ぐ》痴《ち》を言う訳ですよ。まあ、経営苦しいのは解りますがね。間違ってますよ。そりゃないでしょう」

「ないのかね」

電子出版というのがまず徳一には何だか判らない。

「それは何かすごいものかね」

「すごかあないです。まあ、機械で読むつうだけのことです」

「機械で！」

仕組みは判らないが、まあ徳一の知る由《よし》もない世界なのだろうとは思う。

「機械持ってなきゃ読めないんですからね。どう考えたって、読めない人の方が多い訳ですよ。で、機械持ってる人が本を能《よ》く買う人かどうかは、これ、まるで判らん訳です。というか、客筋はまるで違う筈《はず》でしょう。今まで買ってくれてた人がみんな機械に乗り換えるなんてことはないでしょうし、乗り換えたとしても買わなくなるとは思えない。逆に、今まで本買わなかった人が、機械で読んでみて買うようになるかもしらん」

「機械でなあ」

まるで想像できない。

「まあ、お年寄りには電子の方がいいんですけどね。持ち運びも楽だし、暗くても読めるし、字が大きくできたりしますから」

「じ、字が大きくなるのか」

やっぱり想像できない。

「とはいえ、圧倒的に普通の本の方が多い訳ですからね。新聞やなんかと違って、代替え商品にはならんのですよ」

まあ、そのへんのことは何となく判る。

「売れないのは雑誌ですよ。町場の本屋は雑誌売って喰ってたんですからね。品揃え見りゃ判りますよ。うちなんかが、電球売って喰ってたのと一緒です」

「電球じゃ喰えないと言ってたじゃないか」

「今や電球だけじゃ喰えないのは事実です。でも昔は違いましたよ。まあ今でも大事な主要商品ですけどね、ただ単価が安いですからね。数を捌《さば》かなきゃいかん。そりゃ難しいですよ。だから定期的に買ってくださるお客さんはありがたいです」

世辞だ。

――いや、気遣いなのかな。

気遣って世辞を言っているのだろう。

「だからまあ、雑誌が凹んで経営は苦しいんでしょうが、なら余計に本を売らなきゃならんでしょうよ。本屋なんだし。それが紙の本がなくなるなんて愚痴る。電気屋の自分なんかに言わせれば、何をかいわんやですよ。あんな立派な、しかも多少高くてもちゃんと買ってくれるお客がいる商品を持ってて、それなのに弱腰になってるんですからね。ありゃメーカーがいかんのでしょうね。ちゃんと営業もせんで、小売店の危機感を煽《あお》るようなことばかり言うらしいですからね。紙の本が廃止される訳ないでしょうよ」

「ないのか」

「ないですよ。そりゃ無学な自分にだって解りますよ」

まあ、それに就いてはより実感がない。

機械で読むというのがピンと来ない所為《せい》だろうか。

いったいどんな機械なのだ。持ち運びし易いと言っていたから大きくはないのだろうが、字が大きくなるというのだから油断はできない。果たしてどんな仕組みになっているのか。思うに、携帯電話のようなものなのではなかろうか。

——もしや。

あの、いつぞや公園にいた子供は読書をしていたのか。

勉学をしていたのなら、不良かと疑った徳一は謝罪すべきであろう。次に出会った時には謝ろう。いや、突然見ず知らずの老人に謝られたら怯えるだけではないか。そんな自分はただの不審人物である。

――いや。

何の確証もないのだ。電子出版とやらを知らないのだし。

「とにかく、何でもかんでも一緒くたに考えるのはいかんのです。その上で、時代にあった商売をしなくちゃいかん。江田島はあれで正直ですから、世評に踊らされてる訳ですよ。小売店が潰れたら、困るのはメーカーですよ。直販だけで成り立つ程、商売は甘くないですからね。もっと顧客のことを考えなくちゃ。それからもっと商品に自信を持ってくれなくちゃねえ。小売店側にしても地域に密着したサーヴィスするとか、色々あると思うんですが」

「立派になったなあ、君は」

面皰《ニキビ》面の中学生だったのに。

徳一に柿をぶつけた江田島も、立派になったようである。

と、いうより苦労も多いのだろう。柿の一件は水に流し、今度店に寄って文庫本の一二冊くらい買ってやろうか。

そんな気になった。

最近の小説は知らないが、文庫なら昔の作品もあるだろう。

徳一の若い頃は獅子文六《ししぶんろく》なんぞが流行ったものだ。推理小説は何処となく肌に合わなかったのだが、松本清張《まつもとせいちょう》なんかは少し読んだ。後は——思い出せない。『日本沈没《にっぽんちんぼつ》』と『華麗《かれい》なる一族《いちぞく》』はたぶん読んでいる。

実用書は結構読んだような気がするが、何も身についてはいないように思う。その証拠にどんな本を読んだのか、あまり覚えていない。

学生の頃に読んだ——読んだというより使った参考書の方が余程能《よ》く覚えている。教科書の表紙なんかはまったく記憶にないのだけれど、参考書の表紙だとか、辞書の背表紙なんかははっきり思い出せる。

何だか懐かしい。

子供の頃に読んだ本も覚えている。一番好きだったのが『ビルマの竪琴《たてごと》』で、それは何度か読むうちにカバーが取れてなくなってしまったのだった。渋い色の地味な表紙と燻《くす》んだ臙脂《えんじ》色の背に、掠《かす》れた金色っぽい文字が書かれていた。

それから父親が持っていた布張りの『冒険《ぼうけん》ダン吉《きち》』も能く貸して貰った。山川惣治《やまかわそうじ》なんかも親父の本だったのだろう。

——嫌いじゃないんだ。

あれば読むのだ。徳一は。

だから、たぶん、徳一のような人間こそが本をもっと買うべきなのだろう。本好きでなくたってこれだけ記憶に残るものなのだ。本というのは、ちゃんと出会いさえすれば、きちんと届くものなのだろう。出会うためには本屋に行かねばいかんのだ。安くはないし贅沢品ではあるけれど、いいものに巡り合えば一生ものだ。

　――今度買いに行こう。

　徳一はそう決めた。

　まあ、江田島書店に対しても、電球を買う程度の貢献しかできないのだけれど。

「で」

　田中電気は居住まいを正した。

「まあ、紙の本は未来永劫なくならんのでしょうが」

「うん。なくならんだろうなあ。そりゃ」

　原材料が枯渇したりしたら紙もなくなるかもしれない。でもたぶん徳一の命の方が先に枯渇することだろう。ＦＢＩだかＢＣＧだかいう機械は徳一の知らぬうちに生まれ、徳一と出会う前に滅びたらしいが、書籍文化は少なくとも徳一なんかよりずっと長生きだろうと思う。

「しかし、アナログ放送は廃止されてしまう訳です」

「ああ」

テレビは、ＰＣＢだかＫＧＢだかと違って、多少なりとも徳一の人生と交叉《こうさ》しているものである。現に、目の前にある。部屋の中に何十年も置いてある。

それも、消えるのだ。

これは、謂わば町内の知人に先立たれるような感覚であろうか。

そう考えれば、若干淋《さみ》しいような気にもなる。取り立てて口を利くことはないけれど毎日顔を合わせる近所の人が、或《あ》る日突然ぷつりと顔を見せなくなる――そんな淋しさである。

「まあなあ。放送が廃止されれば」

この見慣れたごついテレビも、無用の長物になってしまうのであろう。

「これは――」

要らないものかいと尋《き》いた。

「ええ。遠からずこのテレビが受信できるのは砂嵐だけになるんですわ」

「砂嵐か」

――そいつは要らないものだなあ。

昔は四六時中テレビを放送していなかったから、夜になると画面が砂嵐になったものである。オイルショックの時などは倹約のために砂嵐一割増しだったたと思う。

最近はどうなのだろう。

コンビニエンスストアのように二十四時間何かが流れているのだろうか。

なら。

本当に要らないものだ。

「まあ、今更君の言うことが嘘だとは言わないが、どうも得心《とくしん》は行かないよ」

この間まで地上波廃止を信用していなかったのだ。徳一は。

「これはですね、国策みたいなもんなんですよ。ですから、もう代替えとか何とかいう緩《ゆる》い話じゃなくてですね、完全切り換えなんですよ、徳一さん」

「しかし、どうして切り換えるんだね」

「まあ、理由はいっぱいあるんでしょう。でも、これでテレビとインターネットの境界が曖昧になるでしょうから、そうした狙いは当然あるでしょうね」

まるで判らないと言った。

「いやいや、先のことは判りませんけどね。テレビなんかなくていいと言われてしまえば、もう先はないんですけども。それでもこの、うちの親父が設置した大きなテレビはですね、もうすぐただの無駄にでっかいだけの箱になりますよ徳一さん」

二代目は先代が設置したテレビを叩いた。

高かったのだが。それにまだ映る。

「良く映るんだがなあ」

「まあ、それでも地デジの方が綺麗なんですよ。やっぱり店で見て貰う方が話は早いと思うんですがねえ。何たって映りが違うし――操作だって、全然難しくないんですよ、実際」

「まあ」

そうなのだろうが。

「行けば携帯電話だの冷蔵庫だの勧めるのじゃないか」

「まあ一応商売ですから勧めるかもしれませんが、自分が徳一さんのとこに来てるのは、商売抜きです」

それもそうなのだろう。

買うかどうかも判らない、普段電池と電球しか買わない、しかも偶《たま》にしか買わない独居老人の住まいに二日連続で訪れるなどということは、まあまともな商売人としての行動とは思えない。余程の物好きでなければ、こんなことはすまい。

「熱心だよなあ」

徳一は他人ごとのようにそう言った。

「魂胆があるとも思えないしなあ。あったとしても、僕なんぞと関《かか》ずらわって得することは何もないよ。君ね、その情熱は何処から涌いて出るのだい」

心配してるだけですよと田中電気は言った。

「いやね、町内に独居老人は何人もいますよ。徳一さんはまだまだお元気ですが、どうにもならずにヘルパーさんなんかに来て貰ってる人も少なからずいる訳ですよ。ただ、まあ、介護士や、介護ボランティアの人なんかでも、法律だか条例だか知りませんけど、色々と取り決めがあってですね、やって良いことと悪いことがあるんだそうです。電球換えたりしちゃいかんとか」

「何故」

さあ、と電気屋は首を傾げた。

「まあ、どんなに料理が上手でも調理師免許がなきゃ店は出せないでしょう。その手の話だと思いますが」

電球を換えるのに資格は要るまい。

「ともかく、細かい取り決めがあって、それにも理由があるんでしょうけどね、不便に思うお年寄りも多い訳ですよ。だからまあ、自分が足繁く通って、電球やらリモコンの電池やら換えてあげたりしてるんですわ」

「それこそ町場の電気屋の心意気か」

「そうなんですが、中には何か売りつけようとしてるんじゃないかと怪しむような人もいましてね、少々やりにくい時もあるんですが——」

これでも親切のつもりですと田中電気は言った。

「ボランティアか」

「違いますよ。そういう高尚なもんじゃないですよ。だって電球だって電池だって代金貰ってるんですから、小商いです。単なるサーヴィスです」

これは本心なのだろう。

この電気屋は、さっきから一所懸命に小理屈を捏《こ》ねているのだが、行き着くところはお人好しなのだ。この田中電気二代目は人は好いけれど商才がないのであろう。本人が言う通り親切心はあるのだろうが、欲がない。店は寂《さび》れる一方である。

まず、看板が錆《さ》びている。

いい加減に看板を取り替えろと言おうとしたら、出鼻《でばな》を挫《くじ》かれた。

「いやね、電池一個売るのに訪問なんかしてどうするよと、能《よ》く言われますよ同業者に。足が出るのは確かです。でも、やめられないんですわ。そんなですからね、自分は。だからこそ徳一さんはありがたいお客さんなんですよ」

「手間がかからんということかね」

そういえば——便所の電球が黒くなっていて、もう換えなければなるまいと心に病んでいた先週、この男はのこのこやって来たのにも拘《かか》わらず、電球を換えるどころかやはり地デジを勧めるだけ勧めて帰ったのである。徳一はその時、今度来る時は電球のひとつも持って来いと言い放ったのではなかったか。

こっちから買いに行ったのだが。何日か経ってから。

「この間、持って来てくれなかったじゃないか。電球」

「いや、切れてるとか切れそうだとか言ってくださいよ。そしたらすぐに持って来ますよ」

——言わなかったか。

言わなかったかもしれない。それ以前に、蛍光燈を買っているのだから電球くらいはサーヴィスで寄越せというような、客にあるまじき態度を執ったようにも思う。傲慢《ごうまん》だ。

徳一は反省した。

「それに、徳一さんはいつもわざわざ店に来てくれるじゃないですか。親父の代から通ってくれてる訳だし、店先で顔を見るとほっとしますよ」

「いつか来なくなると思っているからだろう」

捻《ひね》くれないでくださいよと電気屋は口を尖《とが》らせた。

まあ——慥《たし》かにこの物言いは捻くれ過ぎだろうと、言ってしまってから徳一も思った。何故に悪態を吐《つ》いてしまうんだろうか。ま、そうは言っても実際のところはいつか来なくなるとは思っているのだろう。しかし、そうだとしても案じてくれてはいるのである。

「足腰が丈夫というのは、本当に幸せなことですよ」

田中電気はそう続けた。

おいおい、それは徳一の方が言うべきセリフなのではあるまいか。丈夫なことを言《こと》祝《ほ》いでくれているつもりなのだろうが、世辞だとしても下手《へた》な世辞である。

この辺りがいかんのだ。この男は。だから悪態も吐きたくなるのだ。

田中電気は泣き笑いのような顔をした。

「それで、まあ、大勢のお年寄りの話を聞いてますとね、皆さん、地デジのことが能《よ》く解ってない訳ですよ。でもね、足腰が弱ってるのでテレビしか楽しみがないというようなお年寄りもいるんですよ。それが突然映らなくなったりしたら、大変じゃないですか。かといって安いものじゃないのだし、売りつけるみたいで気が引けますがね」

「廃止じゃあなあ」

「廃止なんですよ」

徳一にしたところで、地デジとかいうものの正体を知ったのは実に一昨日《おととい》のことなのである。どうやらちでじ、が正しいらしい。じでじ、だと思っていたが、地上波デジタルの略であるという。衛星デジタルというのもあるようだが、そちらを衛デジと呼ぶのかどうかは知らない。

「いいですか徳一さん」

田中電気はリモコンを手にし、テレビの電源を入れた。

喧《やかま》しいコマーシャルが流れ出す。

電気屋は流石《さすが》に手慣れた手つきで音量を下げ、チャンネルを変えた。

ワイドショーのような番組なのであろう。キャスターだかアナウンサーだかコメンテーターだかが並んで座っている。

ただの出来ごとを伝えるのに、こんなに人数は要らないだろう。何の参考にもならない陳腐な私見を述べるためだけにこいつらは並んでいるのだ。即ちニュースではない。専門家が解説をするというならともかくも、訳知り顔の素人が聞くに価しない感想を垂れるだけなのだ。

先《ま》ずちゃんと伝えろと思う。

田中電気は画面を指差した。

「ほら、上下に黒いのが出るでしょう」

慥《たし》かに、画面の上下に黒い帯がある。

「ああ。映画のようだが」

「これは早く買い替えろという意味です」

「そうなのか」

「四対三のサイズはもう規格外なんですよ。十六対九が地デジの標準だと」

「しかし、こりゃじでじ——その、地デジの放送じゃあないのだろ」

「ないです。でも、もうアナログ放送もデジタル規格に合わせてるんだぞ、ということですよ。今、新しいテレビの規格はみんなデジタルですから、横長です。ほうら横長なんだぞという主張ですよ、この黒帯は」

「有無を言わさない感じだなあ」

「そうでしょう」

「買えない人だっているのじゃないかなあ。年金も少ないし、景気は悪いぞ」

いますよと電気屋は答えた。

「どうすんだ？」

「最初は八割以上普及してからみたいなこと言ってたんですけどねえ。いつのまにか期限が切られて、で、どうなんでしょうねえ。買えない人は切り捨てるんですかね」

「切り捨て！」

徳一は鼻から息を出してしまった。お蔭でフランス語のような発音になった。

「切り捨てというのは、廃止よりも辛いよなあ」

廃止は、謂わば死亡である。切り捨ては見殺しというか生殺しというか、何とも酷《ひど》い仕打ちに思える。

「しかしだな、新聞だって、たとえ売れなくなったって、購読者がいる限りなくなりはせん——と、君は言っただろう」

「ですから、それは商売の話ですよ。こっちは商売の話じゃあない訳ですよ。公的な企画変更ですから。まあ、最近はお上《かみ》も腰砕けですから、実施期限になって不平が爆発して大騒ぎになったりしたら、延期なり中止なりってこともあるのかもしれませんけど、すっぱり廃止されてしまったって仕方がない訳ですよ。廃止する廃止するって十年以上前からずっと言ってる訳ですから」

デジタル放送だって実は始まって八年も経ってるんですよと田中電気は言った。

八年も前から手が打たれていたのか。当時徳一は六十代ではないか。

「まあ施行する側にしてみりゃあ突然という感覚でもないんでしょう。でも、移行期間を長いと見るか短いと見るかは、受け取り方次第ですわなあ」

年寄りの八年など、若者の一年くらいのものだろう。

仕事を辞めてからは、文字通り十年一日である。明日やろうと思って延ばし延ばししているうちに、五年六年過ぎてしまうことだってある。まるで昨日のことのように思えるのに、何年も前のことだったりする。

外から観れば、ただもたもたしているだけにしか見えないだろう。だが、ただもたもたしているからといって——。

「それでも切り捨ては酷《ひど》いなあ。それにいったい」

何万台の旧式テレビがスクラップにされるのだろう。

まだ映るというのに。

テレビは別にもたもたしていないだろう。

それでも、この箱もまた切り捨てられるのだ。

壊れた訳でもないのになあ。

「世の中の変化というのは、もっと緩やかなものかと思っていたが、そりゃ若い者基準の判断なんだろうなあ。まあ、齢《とし》喰ってから考えてみれば、どうやらそうでもないんだよ」

気がつくとがらっと変わっている。

切り捨てられた人も物も、多くあったのだろう。徳一もこれまで切り捨てる側にいたのかもしれない。切り捨てて来たのかもしれない。ならば。

――仕方がないか。

「でも色々決めるのは老人だったりしませんか？」

「偉《えら》い老人どもは堪《こら》え性《しょう》がなくなっているんだよ。老い先短いから、スパッと変えたくなるんだろう」

でも、若い者にはそれものろのろに見えるのだ。

結果、偉くない一般老人は、あたふたすることになる――ということなのか。まああたふたはするのだが。

抵抗するのも億劫《おっくう》だから。

流れに身を任せてしまうのだろう。流れる向きが明らかに間違っている時はそれでも反発くらいするのだろうが、向かう方向が概《おおむ》ね間違っていないようならば、多少のことはまあいいやと思ってしまうのだ。あまり感心はできないけれど。

年寄りだからなあ。

いやいや、それではいかんのだろうと徳一は思う。

年寄りだろうと弱者だろうと、間違っているものは間違っていると主張すべきではあるのだ。ただ、間違っているかどうかすら解らない場合は困ってしまう。只管《ひたすら》困るだけだ。どっちにしても何となく釈然としない。

――これでは。

埒《らち》が明かないなと思う。

色々問題はあるんでしょうがねえと田中電気は言う。

「まあ、電気屋としては、買えるんだったら換えた方がいいと思いますよ。どっちにしても性能はいいですからね、間違いなく。綺麗ですよ」

「まあ、君の話は解るがなあ」

徳一は画面に目を遣《や》る。

「例えばこの番組だがな」

女性アナウンサーが大写しになっている。

顔の上下にそれは目一杯、色々な色の文字がごちゃごちゃと出ている。大事なことが書かれているとは到底思えない。読み切らないうちに変わってしまうし、何のために出ているのか解らない。

「これが、これ以上綺麗になってどうなるね？」

「まあねえ」

まさに無駄な解像度ですと電気屋は言った。

「そうだろ」

「出る方も大変でしょう。毛穴まで見えちゃいますからね。化粧も大変です。フケまで映りますよ」

他人のフケなんざ見たかぁないよと言うと、同感ですと言われた。

「でも、まあ映画やら風景やら、そういうのは格別ですよ。スポーツ中継も、実際に現場で観戦するよりいいです」

「スポーツはそんなに観ないよ。あれはわあわあウルサくて敵わないしなあ。それに相撲なんか、そんなに細かく映ったら気持ちが悪いのじゃないか」

徳一は野球に興味がないから、民放のスポーツ番組を観た覚えがない。

民放でスポーツといえば、街頭テレビのプロレス中継の朧《おぼろ》げな印象しかない。

一方、NHKで流しているスポーツといえば、それはもう、国技のお相撲なのである。家に帰ると相撲中継が映っている——そうした状況は何度もあって、それは能《よ》く覚えている。当然モノクロだった。

その所為か、ごく稀《まれ》に相撲中継は観たりする。

力士の名前までは判らないけれど、まあ転んだら負けという単純なルールなのだろうから、ぼけっと観ていても判ることは判る。

だが。

美しい画面である必要はなかろう。

高解像度で力士の臀《しり》なんぞが映されたところでげんなりするだけだろうと思う。

向けられた尻がもちもちした肌理細《きめこま》かい美肌であっても何だか厭《いや》だし、がさがさした毛の生えた薄汚い尻なんかは余計に見たくない。

映れば良いというものでもない。

「それに、放送の大半はこういう情報番組なんだろう。その解像度とやらは、概ね無駄なのじゃあないか」

もう一度画面を観た。

白髪《しらが》交じりの男が熱弁を揮《ふる》っている。こいつの白髪の一本一本が、肌の荒れ具合から目やにまでが映るのか。映ってしまうのか。なら歯に付いた青海苔《あおのり》も、はみ出た鼻毛も映ることだろう。これは愈々《いよいよ》大変だ。

ルックスなど二の次の親爺コメンテーターと雖《いえど》も一切油断は許されない。見場の善し悪しという問題ではなく、エチケットの問題である。余計なものが映ってしまったなら、時に人格まで疑われ兼ねない。お茶の間に不快をもたらしてしまったら、どんな知見卓見も色褪せるだろう。肩書きも知性も、青海苔には敵わないのだ。

そんなことをあれこれ想像していると、文字が変わった。

詐欺容疑で逮捕、と読めた。

画面に、逮捕の瞬間らしき映像が映し出された。

こういう場面も美しく臨場感たっぷりに映し出されるのだろうか。地デジだと。

静止画像になった。

容疑者の写真である。

最近の写真が手に入らなかったのか、随分《ずいぶん》と若い。学生服だし、思うに高校時代の写真ではないか。それとも犯人は高校生なのかと思って目を凝《こ》らすと、笹山順《ささやまじゅん》容疑者（31）という文字が被った。

「三十一には見えないなあ」

「これ、卒業アルバムかなんかでしょう。あれ？」

田中電気はぐいと身を乗り出し、リモコンを操作して音量を上げた。

お年寄りを騙《だま》すなんて赦《ゆる》せませんよ——。

そんな声が聞こえた。

「年寄りを騙したのかね」

「これ、ジュンちゃんだ」

田中電気はそう言った。

「知り合いなのか」

「知り合いというかですね——ええと、いつ頃いなくなったんだっけな。それより何をしたんだ？　ジュンちゃん」

「ジュンちゃんって誰だい」

「あ？　地デジ詐欺？」

「こいつもじでじなのか」

田中電気は喰い入るように画面に見入っている。徳一は、また置いてけ堀を喰わされたような気になっている。電気屋は酷《ひど》いなあなどと言っている。

「何だってそんなことしたんだよ」

「何したって？」

「何でも、独居老人の家に押しかけて、テレビが映らなくなると困るだろうと取り入り、二束三文で仕入れたジャンク品の大昔のテレビチューナー取り付けて、有り金を毟《むし》り取ったらしいですよ。これは——」

電気屋としては赦せないなあと田中電気は言った。

「そりゃ付けてもじでじは映らないのか」

「映りませんよ。地デジ用じゃないですから。しかしジュンちゃんが——」

「だからジュンちゃんって誰なんだよ」

「後輩ですよ」

「学校のか」

「小学校の後輩です。三つ下だから中学は一緒にならなかったですけど——そう、江田島と同級ですよ。ほら、あの駅前の」

「駅前？　この町内の事件なのか」

「違いますね。栃木《とちぎ》県だそうです。というか、笹山さんとこは随分前に」

「笹山？」

——それは。

ええと。

「笹山眼鏡店のことかい。あの、夜逃げした」

「夜逃げ――なのかなあ。いや、でもそうですよ。笹山眼鏡の家の子ですよ。ジュンちゃんは」

「ああ？」

徳一はテレビ画面に顔を向けた。

また白髪が喋っている。お前じゃない。お前は見たくない。

大体今回の切り換えは無理がありますよね――。

そんなことは解ってるよ。お前に言われるまでもない。

お年寄りの無知につけ込んでこういう悪事をね――。

無知。

無知とはなんだ。ちょっと億劫《おっくう》なだけだ。長く生きているんだからお前なんかよりずっと物知りだよ。長く生きて、ちょっと疲れて、ついて行くのが面倒になっているだけだ。痴呆呼ばわりするのじゃないよ。

というか。

映れ。

映った。

また高校生の暈《ぼ》けた写真だ。

「十――七八年前になるのかなあ」

田中電気はそう言った。

「ジュンちゃん、慥《たし》か中学二年くらいでいなくなってるんですよ。慥か家の都合とかいう話で。江田島なら能《よ》く知ってる筈ですけどね。だから、高校は何処行ったんだか知りませんけど——栃木なのかなあ」

「これ、暈《ぼや》けていて能《よ》く判らないが」

地デジならこれも能く観えるのか。

「この捕まった男が、あの笹山眼鏡の孫かい」

「孫?」

笹山眼鏡の店主は、白髪頭の品の良い爺さんだった。徳一は二十四年前に老眼鏡を買ったのである。その時、爺さんの膝の上には可愛らしい男の子が座っていた。それが——。

——こいつなのか。

ああ、お爺さんがいましたねえと田中電気は言った。

「あの、ケンタッキーの人形みたいな人」

「人形のことは知らないが、これがあの孫なのかい」

判らない。

画面は再び逮捕時の映像に切り替わった。

文字は笹山順容疑者となっている。面影はないから同姓同名とも考えられる。

でも、田中電気がそうだと言うならそうなのだろう。

「あの眼鏡屋のご主人ね。自分も小学生の頃遊びに行ったことがありますから、知ってますよ。温厚そうな人でしたけどね。アイス買ってくれたりして――でもね、あの人、見かけに依らずかなりのギャンブル狂だったようですよ」

「ギャンブルだぁ？」

想像ができない。

「競艇競馬競輪、どれも目がなかったらしく、それで借金こさえて、店潰したんですよ。夜逃げじゃあないとは思いますが、息子さんが――ジュンちゃんのお父さんですね。その人は製薬会社かなんかに勤めてたと思うんですけど、もう駄目だということで、お店処分して、製薬会社の工場があるどっかの田舎に引っ込んだんだというような話を聞きましたけど」

「そうなのか。それは」

聞きたくなかったなあ。

品の良い老人だと思っていたのだが。

苦労したんでしょうねえと田中電気は言った。

「あの人は健在なのかねえ」

「はあ。あのご主人ねえ。ご健在ならもう九十近いのじゃないですか。若作りだったけども、死んだうちの親父より齢上だったと思いますよ」

「そうなのか。そう——なんだろうなあ。僕より十は上だろうしなあ」

「どんな気持ちなんですかねえ、このニュース観て」

「まあなあ」

身内のことだし、ニュースが流れる以前に知っているのだろうが。いや、もしかしたらテレビで知ることもあるのか。

——あるのかもしらんな。

インター何とかは速いのだろう。

身近なことを赤の他人から知らされるというのはどうなのだろうか。しかも何やら妙な機械を通じて知るというのはどんな気分なのだろう。殆《ほとん》ど自分のことだというのに、みんな同時に知っている。自分の知らない人までが知っている。

想像できない。

縦《よ》んば既知のことであったとしても。

それが報道されてしまうというのはどんな気分なのだろう。

況《まし》て、良いことではない。悪《あ》しきことである。

やっぱり想像できない。

身内であろうとなかろうと、悪事を働いたなら戒められるべきである。それ相当の罰を受けるべきだ。身内としてもそこは厳しくすべきだと思う。そこのところに温情をかける必要はあるまい。罪は罪、情は情である。

してはいかんことはしてはいかん。

してしまったら償うよりない。きちんと叱ってやることが身内の責任である。それはそうなのだが。

それが世間に広く知らしめられるというのは——。

どんな気持ちなのか。

恥と思うだろうか。怒りが込み上げてくるだろうか。そうだとしたらそれは何に対する怒りなのだろうか。悲しく思うだろうか。そうなら、何が悲しいのか。

自分だったら。

毅然《きぜん》としていられるだろうか。

孫を、こんな、白髪頭の誰だか判らない親爺に糾弾されてどんな気持ちになるだろう。悪いことは悪いのだから、誰に何を言われても仕方がないとは思うが、それにしたって。

気持ちはまた別だろうに。

難問だ。

身内だから評価を甘くしろだとか、悪人でも親族を悪く言われたら肚《はら》が立つだろうとか、そういう単純な問題ではない。徳一は、うちの子に限ってなどという戯《たわ》けた言い分は大嫌いなのである。悪いものは悪い。でも。

実に難問だ。

――あの。

笹山眼鏡がなあ。

生きているのか。生きていたなら、九十近くなってそんな難問を突きつけられて、さぞや困っているだろう。

と、いうか。

この孫の転落の元凶は、あの笹山眼鏡にあるのだろうか。

あの爺さんがギャンブルにのめり込んで破産した結果がこれなのだろうか。

――そうとは言えまい。

貧しくても清く正しく生きられぬということもない。

徳一だって裕福な暮らしなどしたことはない。

――だがなあ。

お年寄りの気持ちも考えて欲しいですね。

キャスターがそんなことを言っている。

考えたって解らないだろうに。

徳一はお年寄りだが、笹山眼鏡の気持ちなんかさっぱり解らない。いくら考えたって解らない。お前には解るのか、白髪め。

あにはからんや。

――お年寄りとひと括《くく》りにされてもなあ。

辛いでしょうねえと田中電気は言った。

「辛い――か」

「はあ。可愛がっていたでしょう。ジュンちゃんは、爺ちゃん爺ちゃんって言ってたし」

爺ちゃんか。

それは祖父、という意味の爺ちゃんだ。

老人という意味の爺さんではない。

そうか。

祖父だったんだ、笹山眼鏡。

子供もいない徳一に、祖父である笹山眼鏡の気持ちなど解る訳もない。

独りなのだから。

ツライ、というのが正しいのだろう、きっと。

徳一が笹山眼鏡だったら、どっちの方向に気持ちを持って行ったらいいか解らないと思う。それも含めて辛いんだ。それは間違いない。

「あの可愛い子供がなあ」

徳一はそれくらいしか言えない。

何度か見かけただけなのだ。口を利いたこともない。しかも二十四年も前である。

魔が差したんですよと田中電気は言った。

「子供の頃のジュンちゃんは、悪い子じゃなかったです。人間、育ったってそんなに変わるものじゃないでしょう。事情があったのかなかったのか、これじゃ判りませんけどねえ」

「犯罪は犯罪だから」

次の話題です。

突然、アナウンサーの女が笑った。

そして、実に楽しそうに、某《なにがし》という若いゴルファーが何とかいうトーナメントで何かして二番になったというようなことを語った。途端にキャスターもにやけて、流石《さすが》ですねえ某君などとべんちゃらをこき始めた。

詐欺の話はどうなったのか。

ゴルフがそんなに楽しいか。

若造が玉っころを棒で打ったというだけで何でお前が誇らしげにしているんだ。白髪親爺まで笑っているじゃないか。国民みんなの期待を背負ってとか言っている。

期待なんかしてないぞ。

徳一は国民じゃないとでも言うのか。

笹山眼鏡だってそれどころじゃないだろう。いやいや、そう思っているのは一人や二人じゃない筈だ。ゴルフに関心のない者だって世間には大勢いるだろう。ゴルフなんか大嫌いだと言う奴だっているだろう。ゴルフ自体は好きだとしても、こんな小僧に興味はないと言う者もいるだろうに。そもそも、こいつは二位ではないか。一位の人のことを何故報道しない。そっちの方を知りたい者もいるだろうよ。

それなのに国民の総意なんかに仕立てるな。

――それより。

詐欺の話はどうなったんだ。

もう済んだ、ということか。

――切り捨てられたのか。

お年寄りの気持ちも考えて欲しいというたったひと言で、笹山眼鏡の辛さも何もかもが、切り捨てられたんだろう。いいや、お年寄りと一纏めにされたことで、徳一を含めた年寄り全部が片づけられてしまったんだろう。

そんなことを考えているうちに、テレビ画面の中はもう次の話題に移っていた。観たこともない芸能人が、聞いたこともない文化人と交際しているんだとかいないんだとか、そんな話だ。

もたもたしているうちに。

どんどん切り替わって行く。

あたふたしているうちに置いて行かれて、切り捨てられてしまうのだ。

「やっぱりテレビ嫌いみたいですねえ」

田中電気はそう言った。

「そう——見えるかな」

「だってこんなですもんねえ。どの番組も」

「まあ、そんなだよ」

「何だか無理に売りつけるのが厭になっちゃいましたよ」

だから。

だから駄目なんだよお前は。その押しの弱さが商才のなさに通じているといい加減に気づくべきだろう。

「あのなあ、電気屋さん。いや、繁君。それとこれとは話が違いやせんかね」

「違いますか」

「僕は最初からずっとテレビは観ない、好きじゃないと言っていたじゃないか。それを承知で、君は売りに来てるんじゃないのか。昨日も先週も来ただろ。そりゃ熱心に説明してくれただろう。それもこれも、独居老人には、好き嫌いに拘《かかわ》らずテレビは必要だということから出た行動だったのではないのか」

「そうですが」

「君の親父さんからこのテレビを買った時もね、僕はテレビなんか観やしなかったんだ。テレビ好きだったらその時点で衛星放送のアンテナも立てていたろう。僕はいまだに立ててないのだ。衛星放送は映らないんだ、今もね。いや、嫌いじゃないと言うには言ったがな、本当に嫌いだったんだよ。それでもこのテレビは、もう二十年からここにでん、と居座っている」

「はあ。そうです」

「つまり、そういうことだ」

どういうことか徳一は解っていない。

でも、まあいいのだ。

気持ちなんかいくら考えたって解らない。理屈ではないのだ。自分でも解らない気持ちが赤の他人に判って堪るものか。それで切り捨てられたんじゃ堪らない。

一台買おうと徳一は言った。

「こんな老人でも月賦《げっぷ》は利くのかい」

「そりゃあ、もしクレジット会社が駄目だなんて言ったら自分が立て替えますよ」

田中電気はまるで先代のような口調でそう言った。

この見慣れたでかいテレビがスクラップになるのだけは少し気の毒な気がするけれど。まあ、それは仕方がないことなのかなあと、徳一は思った。

七十二年六箇月と7日

午後2時2分〜58分

オジいサン――。

い、は平仮名なんだよ、違う違うと益子徳一は思う。

ここ数日そんなことばかり考えているような気がする。

お爺さんという言葉のイントネーションばかりが気に懸かり、そのフレーズばかりが頭の中を巡っているような気がする。

そんなこと、どうでもいいことの筈《はず》なのに。

気にしてしまうと気になるものなのだ。まあ、ちょっとしたブームのようなものだろうと思うのだが。

これまで、お爺さんだのジジイだの爺ちゃんだのという言葉は、徳一の日常生活に殆《ほとん》ど割り込んで来るものではなかったのである。

ところが。

一度気にしてしまうと、気になって仕様がない。

一日に何度も耳にする。

当然今までだって耳にしてはいたのだろうが、右から左に抜けていたということだろう。頭にも残らず胸にも届かず肚《はら》にも納まらなかった。

今は偶《たま》さか引っ掛かるというだけのことだ。

「どうですの」

と、そのキンキンした声は疑問形で終わった。

「はあ」

「はあ、って、聞いてたんですか益子さん」

「いや、聞いていました。それはその、自警団のようなものですな？」

「ジケイ？　いや、ボランティアですって。地域の子供さん達が健《すこ》やかに暮らせるようにですね、見回りを」

「だからそういうのを自警――いや、何と言ったら良いのかなあ。まあ、通じていますよ菊田さん」

そんな大層なものじゃございませんのよ、と一軒おいた隣の、年配のご婦人は言った。顔を見ていちいち年配のご婦人などと思うのは面倒臭い。口に出さないのならオバサンでいいような気がする。

頭の中でどう思っていようと判るものではない。

それでも、まあオバサンは失礼なのかなと思ってしまう辺りが徳一の徳一たる所以《ゆえん》なのである。それに、心中でオバサンオバサン思っていると、何かの拍子に口を衝いて出てしまわないとも限らない。

うっかりということはある。

「何かやっぱり勘違いをしてらっしゃいますわ益子さん。何度も言いますけど、オジイサンオバアサンのボランティアですから、ただ見回るだけですの」

「ただ見回る——ねえ」

徘徊するのか。

それでは徘徊老人である。

「で、その何か見つけたら」

見つけないいんですすとオバサンは言った。

「解りませんな。見つけるために見回るのでしょう」

「駄目ねえ」

駄目なのか。まあ駄目なんだろうけれど、あんたに駄目出しをされる覚えはないと徳一は思う。

「だって、何かあったとしたって役に立ちます？　オジイサンオバアサンですよ？」

「いや、そうは言うが」

「逆に足手纏《まと》いになったり怪我をしちゃったり、下手《へた》をしたら死んじゃったりもするじゃないの。それは却《かえ》って迷惑なんです。それにそういう、見つけてどうこういうような事件は関係ないの。いいですか、お年寄りの見回りというのは、抑止力なのよ」

「抑止ですか」

益々解らない。

もう胸の裡《うち》でもオバサン扱いでいいような気がしてきた。それ以前に、もうオバサン扱いしていることに徳一は気づいていない訳だが。

「そんな、凶悪な事件なんかにねえ、私達なんかは役に立ちませんわよ、ええ。それこそ、その自警団？　そういうのなんじゃございませんこと。と、いうよりも、そういう恐ろしい事件はこの町内じゃ流石《さすが》にないんです」

「じゃあ」

何なんですかと、徳一はやや面倒臭げに返した。

これは少しばかり厭《いや》な言い方だったかなあ、気を悪くしたかしらんと、ほんの一瞬だけ思ったのだが。

まるで通じていなかった。

「あのね、いいですか。迷子。それから、ちょっとした苛《いじ》め。学校や塾をサボって溜まっていたり、転んで泣いてたり、そういう子供さんね」

「まあ、いますな」

いちゃいけないでしょ、とオバサンは言う。

「そういうのは、大人の目の行き届かないトコで起きるんですわよ。ほら、あのコンビニの前でしゃがんでる子達とか、いるじゃないの」

コンビニに行かない。買い物はみよし屋だ。

「あら。お年寄りってコンビニ行かないのかしら」

そんなことはないだろう。

と——いうより、さっきから聞いていれば、このご婦人、自分だけは年寄りの勘定に入っていないらしい。老人事情は押し並《な》べて他人ごとである。

人に依《よ》るでしょうと言った。

「そうよねえ。便利ですものねえ」

「便利ですかなあ」

「だってコンビニって便利って意味じゃありませんの？」

そうなのか。徳一は食品や雑貨などの日用品を売っている店という意味だと思っていたのだが。

「便利ですわよ。昔はお店なんかすぐ閉まったし、お休みもしますでしょう。コンビニはねえ、益子さん。年中無休で二十四時間開いているんですのよ」

そのくらいは知っている。

「深夜スーパーと言ってましたよ出始めの頃は。でもねえ。そんな、深夜に買い物をする方がどうかしてると思うがなあ」

「あら。亭主の晩酌の肴《さかな》にお刺し身出そうとしたらお醬油《しょうゆ》切れちゃってたとか、そういうことだってあるでしょう」

あるだろうけれども。

年に何度もないだろう。

いいや、一生に何度あるかというような話ではないのか。醬油なんてものはどんなにかけたって一日やそこらで切れるものではない。毎日、しかも深夜にばかり醬油が切れるというなら、それは怪談だ。

そういうものは、うっかり切れるのだ。いや、切れているのにうっかり気づかないでいるか、気づいていてもうっかり買い忘れるのである。

そういううっかりがないように心がけるのが正しい暮らし方だろう。それでも人間は見落としだの勘違いだのがあるから、うっかり失敗してしまうこともある。うっかり失敗してしまった時には、その失敗を糧《かて》として、もうそういうことのないように心がける――それが本来の姿ではないのか。

人はそうやって学ぶのだ。不便が知恵を生むのである。

そのうっかりさえカバーされてしまっては、学習することができない。

いやいや、それ以前に、そんなうっかり者だけを相手にしていて商売が成り立つものなのか。

アルバイトとはいえ、夜間の人件費は馬鹿になるまい。電気代だって相当にかかるだろう。それに深夜営業は物騒だから、セキュリティだって万全にしておかねばなるまい。そうした経費の全部を、うっかり者の落とす金で賄《まかな》っているというのか。

そんなうっかり者が毎晩毎晩うっかりし続けているのかこの国は。

「便利ならいいというもんでもないですよ」

「そんなことおっしゃるのは益子さんだけですわよ。面白い方ねえ」

面白くない。

「まあ、ですから便利なんですけども、それだけにねえ、色々とねえ。夜中でも開いてますし、風紀がねえ。ほら、あの祥法寺《しょうほうじ》の裏のコンビニ。あそこなんかもう、夜となく昼となく四五人はおりますのよ」

「客がですか」

「ですから店の前に屯《たむろ》してる子供ですわよ」

「ははあ」

そんなものなのか。

しかし、コンビニなんかにはまるで縁がないというのに、寺の裏のコンビニという物言いにだけは覚えがある。

覚えがあるとはいうものの一度も行ったことはない。

なら、何故知っているのか自分は。妄想か。いいや。

最近話題に上ったのだと思う。最近というのがいつのことなのかが先《ま》ず解らないのだが。七十年以上も生きていると、二十年前くらいでも最近の気がする時がある。

「寺の裏ですか」

そもそも寺に行かない。普通の人は行くのだろうか。檀家でもないのに寺に用事などないと思うのだが。墓があったって平素頻繁に参る訳でもなかろう。

――違うよ。

コンビニの話じゃないか。コンビニに子供がいるとかいう話だ。

「子供がねえ。買い喰いするんですか。菓子やなんかを」

違いますわよと言って菊田さんは笑った。

「違う？」

「ですから、溜まってるんですわ」

「何が？」

困った人ねえ――という顔だ。

「盛り場やなんかで不良がこう、腰を屈《かが》めて溜まってたりするじゃないですか。あんな感じですわ」

「だって子供でしょ？」

「子供ですけども、あれだって、何か食べ散らかしたり、ただ屯してたりするうちはいいですけども、ホラ、ほっとくと煙草吸ったりし始めるのよ。あれ」

「未成年は煙草が買えないのじゃないのですか。あの、ポパイだかパイポだかいう券が要るのでしょう」

「あのね、ああいうところにいる子達は、まあ下は中学生とか小学生高学年だったりするんですけども、高校生やもっと上のね、不良の卒業生なんかが一緒だったりするんです。だからいけないのよね。でも、あれ、こう、見ればいなくなりますの」

「は？」

どうも能《よ》く解らない。

このオバサンと話をしていると、徳一は頭が悪くなったような錯覚に陥《おちい》る。

「いなくなるとは？」

「ですから。大人が見れば、立ち去るんですわ」

「大人はいつだっているでしょう。店員だって大人でしょう」

「お店の人はいけませんのよ」

「何故です。そんな、店の前で屯されたりしたら営業妨害になるでしょう」

「それでもお客様ですからねえ」

そういうものなのか。

何だか違うような気がしてならない。

徳一が子供の頃は駄菓子屋というのがあって、その前で屯していると婆さんに蹴散らされたものだ。安いとはいえ菓子を買ったりクジを引いたりしているのだから子供と雖《いえど》も立派な客ではあろう。

その客に向かって、婆さんは、罵言《ばげん》を吐いたり、水をかけたりした。早く帰って勉強しな、ロクな大人にならないよと怒鳴っていたのである。

あの駄菓子屋は、もう五十年も前に潰《つぶ》れたと思う。もっと前だったろうか。通ったのは十歳くらいまでで、その頃は駅前も寂しくて、アーケードは疎《おろ》か商店街さえなくて――。

「あ」

そうだ小宮山だ。小宮山青果店だそれは。

「そこは、そのコンビニは、ええと、元の果物屋」

「八百屋ですわよ。知ってるじゃありませんか。あの偏屈なオジイサンのいる」

「偏屈ですか」

そうそう。みよし屋で会ったのだ、そういえば。

偏屈なのかなあの男は。

「あの人はどうなんです。あの人はお客だからといって甘い顔をするような人じゃないでしょう」

骨のある八百屋の筈だ。印象なのだが。

「もう、あそこのオジイサンはねえ、駅前商店街の方と昔揉《も》めたもんだから、遺恨《いこん》があるのかしらねえ。いまだに老人会にも入れないみたいですのよ」

「はあ」

入れないのか。

入っても面倒だと誰かが言っていたが。商店街と揉めたという話も何処かで聞いた気がする。

そうだ。

アーケード建設問題だ。反対していたんだとか言っていたっけ、あの元八百屋の爺さん。しかし、それこそ随分《ずいぶん》前のことだろうに。

「まだ遺恨があるんですか。と、いうかですね、商店街と確執があると何か不都合でもあるんですかな?」

そりゃもう、と菊田さんは何かを叩くような仕草をした。

「ほら、あの、前の町内会長さんの、小堀さん。あの方、その昔は駅前商店会の会長さんもしてらしたんですのよ。揉めたのはその頃ですの」

「だから？」

さっぱり解らない。

「グリーンショップロードの発案者は小堀さんですもの。あの八百屋さん、相当反対されたんでしょ？　それで移転したんだと聞きますわ。確執があるのよねえ。ですから、あそこのオジイサンにだけは声をかけられませんのよ。まあ、いずれコンビニの方ですからね、ボランティアというのも変でございましょ」

益々解らない。

「お店の方じゃなくって、あくまで地域住民がいいんですわよ。近所の大人が見咎めたりすると黙って立ち去ることが多いんですって。ほら、家とか学校とかに知られたくないと思うんじゃないですか」

「親や先生が見回るのが一番ということになりますな」

「そうじゃなくってね」

顔見知りの大人でいいんですわよと菊田さんは言った。

「見知った顔の大人ならいいんです、誰でも」

鈍いジジイだなあと、言わずとも顔が語っている。

「ほら、何と言うんですか、チクるって言うんですか。そういう風にされると思う訳よね」

密告――いや、通報、ということか。

「ほら、お隣のオジイサンだとかお向かいのオバアサンだとか、そういう人に見られたりすると、家の方にバレちゃうと思うんじゃないんですか。退職された先生なんかも住んでらっしゃるでしょう。今の町内会長さんとこなんか、緑山田小の校長先生してらしたんですからねえ、佐藤さん。そういう人にね」

「じゃあ僕は駄目だなあ」

駄目だろう。

全然顔を知らない。

「駄目じゃありませんわよ」

今度は駄目じゃないのか。どっちなんだ。

「益子さん、この町内にずうっと住んでらっしゃるじゃありませんか。高校生大学生が生まれる前からずっといらっしゃるでしょうに。そんな古株ですもの、あなたの方はご存じなくたって向こうは必ず知ってますわよ。一度や二度、いいえ、もっと会ってますわ」

「うーん」

そうかもしれない。

徳一の方が覚えていないだけで、町の人達は徳一を見知っているのだろうか。

まあ、そうだとしてもこの人の言い種《ぐさ》はどうだろうか。何だか貶《けな》されているようにしか思えないのだが。

「そういう方なんかがね、こう、顔を見せたりすると、効果があるんですわよ。何て言いますのかしら。ほら、地域の顔っていいますの？　そういうものじゃありませんか。お年寄りって」

「うーん」

地域の顔って。

ただ長く暮らしているというだけである。

「ね？　ですから、こう、ルートを決めて、時間を決めて、手分けして巡回するだけで、色々防げる訳ですわよ」

「防げますかなあ」

「防げるんです。見回れば」

「年寄りがですか？」

「そう」

「そうかなあ」

まあ、年寄りの顔を見て逃げるというのは解らないでもないけれど。

いつだったか、この間も公園で徳一の姿を見た中学生が逃げた。しかし、あれは地域の顔が来たから悪さをやめたのではない。挙動不審の爺さんが寄って来たので気味が悪くて立ち去ったというのが正しいのではないか。

そもそも悪さをしていなかったのだし。

「ま、立ち去るのかもしれないですが、でも、それは場所を変えるだけになるのでは」

「ですから手分けしますのよ。まあ、要注意なのは、ゲームセンターと、レンタルビデオ屋の貸本コーナー、それから安売り屋さんの休憩コーナーなんかですけど、そこはもう、学校からお達しがあるんですの。警察も巡回してるみたいですから、それ以外の場所をね」

オジイサンオバアサンで、とまた菊田さんは言った。

だから。

い、は平仮名なんだよ。

「行く先々に老人が目を光らせているということですか」

「そういうことですのよ」

「それで抑止力」

「抑止力ですわ」

監視するのか。若者を。しかも注意したり説教したりするのではなく、ただ見るだけなのか。

何だろうそれは。

「起きてから対処するのではなく、防ぐ訳ですわ。予防なの。ですから自警団じゃなくて、防犯──犯罪じゃないから防犯でもないわねえ。まあ見回りのボランティアですのよ」

ご協力戴けませんか、と言って、早口で声の高い年配のご婦人は、回覧板のようなものを突き出した。

「協力ですか」

まあ、悪いことではないのだろうし、それなりの効果もあるのかもしれない。

勿論、できないことではない。ただ、協力するにしても協力する主体が何なのか能《よ》く判らない。誰に協力しろというのだろう。

「その、主催というか、主体というか、それは町内会かなんかですかな」

「子供会の親と老人会ですわ」

「老人会」

ええと。

徳一は考える。あれは誰だったのか。徳一は誰かから最近、老人会のことを耳にしているのだ。面倒臭いとか、面白くないとか――。

老人会に入っている友達なんかいただろうか。

浮かぶ顔は全部学友や元同僚である。

半分は死んでいる。

それに、みんな町内に住んでいない。

「僕も老人会には入っておらんのですよ」

「あらま、そうですの。でも、それは関係ありませんわ。ボランティアですから。私もね、お手伝いしますのよ。ほら、何たって、小堀さん。あの方が旗振り引き受けられたんですからねえ、断われませんでしょう」

――なる程。

中心人物である小堀氏と確執がある――ということか。

小宮山元青果店の偏屈な親爺は。

いや、徳一が思うに、小宮山の方に思うところはないのではないだろうか。

あれは、もっとさばけた男だと思う。小堀という人は知らないが、聞く限りそんなに根に持つタイプとも思えない。人望があるから商店会の会長だの町内会長だのを務めるのだろう。それとも、権力志向のお山の大将なのだろうか。

いずれにしても面倒臭いものだ。

「小堀さん、八期も町内会長引き受けられてたんですから、お世話になってますからねえ」

そんなに世話になった気はしないが。

子供会の方は、まあ解る。子供らが一所懸命に新聞を回収したりしている姿を目の当たりにすると——まあ、親に言われて嫌々やっている子供も多いのだろうが——地域住民の一員として、是が非でも協力せねばという気になる。

町内会の方は何をしているのか能《よ》く知らない。

随分昔に一度だけ役員になったことがあるが、寄り合いに出ても何を話し合ったのかまるで覚えていない。徳一は町内の寄合所の鍵を預かる役だったから、寄り合いの度にひと足早く行って、お茶を沸かしたりしていた。定年後のことだが、それでももう十年は前だ。

お祭の役割分担をしたような気もする。

徳一は盆踊りに参加した子供に配る菓子を買った。

そうだ、買った。一個十円だか十五円だかで揉めたのだ。

大人にはビールを配ったりするのだから、十円というのはないだろうと言った記憶がある。せめて五十円のアイスキャンデーくらいにしてやれと言った。

というか——ビールの予算の方が余計なのだ。何故に踊っただけでビールなんかをやらねばならんのか。子供はともかく、大人は好きで踊っているのだろうが。好きで踊る者に酒を振る舞うために町内会費を集めているのかこの町内は。

結局、十五円の飴《あめ》だかチョコだかになったのだ。

というか、お祭には行かないのだ徳一は。

役員の時以外には行った覚えがない。

その時の町内会長は、その小堀という人ではなかった。

——あれは。

遠藤《えんどう》とかいっただろうか。元小学校の教員で、徳一同様に独身の爺さんだった。厳めしい顔の、太い眉の、ごわごわの白髪《しらが》の爺さんだったが、あれは生きているのだろうか。

「お厭ですか?」

「あ?」

「いえねえ。このお話をしますとね、みなさん、すぐにお引き受けくださるの。みんな喜ばれますのよ。そんなだったもんですからねえ。どなたも、もう、二つ返事でねえ、まあ地域のためになることですし。ほら、ご自分のお孫さんなんかも関係のあることでしょう。ですからもう、みなさん真剣で」

「いや、僕は」

真剣じゃないなんてことはない。

地域住民としての責任を果たしたいという自覚は人一倍持っていると思う。そもそも、徳一は自分が社会の役に立っていないことを身に染みて感じている。社会の片隅で、皆さんのご厚意で生かして戴いているのだと日々感謝している。

そんな毎日なのだから、その手の話に対して不真面目な聞き方をする訳がないではないか。

「まあ、足腰の丈夫な方で、お暇そうな方には、みなさんにお話ししてますのよ。ほら、まあ日中やることがないのって、オジイサンオバアサンでしょう」

だから。

い、は平仮名なんだよ。

「益子さん、別にアルバイトも内職もしてらっしゃらないわよねえ」

暇だ。

薬缶《やかん》に入れた水が沸騰するまでずっと見続けていられるくらい暇だ。

時間には縛られていない。

いつ何処《どこ》で何をしようと、まるで困らない。丸一日街を徘徊していろと命令されれば、はいはいと二つ返事で徘徊したっていいくらいに、暇だ。

時間だけは売る程ある。

あるんだけれども。

「そういうことじゃなくて」

「まあ、お孫さんもいらっしゃらないのでしょうし、そういう教育やら青少年育成やらの問題にはご興味がないのかもしれませんけどねえ。益子さんって、お子さんもいらっしゃらないのでしょう？　子育てされたことがないのでしょうからねえ。それは他人ごとでしょうけれども、大変なんですのよ、子供を育て上げるのは。最近は核家族というんですか？　家にお年寄りがいないから。地域の協力が必要なんだと思うんですわ。家庭と学校だけじゃまともに育てられませんのよ」

「いや」

何と失礼な人だろうか——と、徳一は思った。

あんまりそんな風に思うことはないのだけれど。

何だか色々反論したくなった。なったのだが、止《や》めた。

おそろしく早口なので、何処に突っ込んで良いのか解らなくなってしまったのである。それは違うと思っても、考えを纏《まと》める前に次のそれは違うが生まれてしまい、それに就《つ》いて語ろうとする前にもう別のそれは違うが飛び出している。もう、最初の違うが何だったのか判らなくなる。それくらいあちこち五月雨《さみだれ》のように違う。

その違うを絨毯爆撃《じゅうたん》のように畳みかけてくるものだから、何となく全体的に違うという印象しかなくなる。

結局、失礼だなという感想だけが残ったのだ。

「僕はね、その、教育に関しては」

一家言《いっかげん》持っているのだ。

その点に関しては言っておかねばなるまい。

慥《たし》かに子育ては未経験だが、だからといって無関心ではない。

新聞だって毎日読んでいる。読み続けている。これで、筆まめだったら毎日投書しているかもしれない。

「アラ、いいんですのよ、別に関心なくたって。まあ、子育てで身につまされた経験がなくたって、それが悪いってことじゃないですわよ。人それぞれですからねえ。ただ、やっぱりねえ、子供達が健やかに暮らせる環境を作るのが、大人の役目だと思いますのよ、特に、リタイアしたお年寄りはねえ、ほら、他に役には立たない訳でしょう。だからみなさん、お喜びになるのじゃございません？　ただ決まった時間に歩くだけでいいんですから。少しくらいボケてたってできますもの。それで喜ばれるんですのよ」

何も喋れない。

いったい、このオバサンには徳一が何者に見えているのだろう。年寄りだと思っていることは間違いない。社会の役に立っていないと思っていることも確実だ。子供も育てたことがない半人前だと思ってもいるのだろう。

で。

そうした境遇に甘んじて、何も考えず、何もせず、ただ無為《むい》に喰って寝て垂れているだけのクズ老人だと思っているのだろうか。

――まあ。

そんなものかもしれないなあ、と徳一は思った。

疲れてしまったのである。

徳一は社会に就いてあれこれ考え続けているし感謝もしている。苦言を呈したい時もあるし、またでき得るものなら貢献をしたいとも思っている。でも、考えたり思ったりはしているのだが、それだけといえばそれだけだ。

志は高くとも、それだけなのだ。

そんな志であれば、ないのと変わらない。

どれだけ賢くたって魚は魚、俎板《まないた》の上に載《の》れば愚かな魚同様に捌《さば》かれてしまう。刺し身になれば賢いも馬鹿もない。

喰われるだけである。

水中でどれだけ賢かろうとも、喰わないでくれ捌かないでくれと主張することができなければ、俎板の上においてその賢さは無駄な賢さだ。なら、俎板に載ってしまったら、賢かろうが馬鹿だろうが己はただの魚と心得ることこそが潔さということであろう。

　やりますよと答えた。

「あらまあ、お厭じゃございませんの？　ボランティアなんですから無理強《じ》いはできませんのよ」

　黙っていればやれと言い、やらなくてはいかん人非人だというようなことまで言っておいて、いざやると言うとホントかと問う。何なんだいったい。

「だからやります。どうすればいいですか」

「あら。随分厭そうですのねえ」

「厭じゃないですけどね」

　要領を得んのだよあんたの勧誘は。

「寄り合いなんかをせねばならんのでしょう。その、予定だの巡回ルートだの決めなくてはならんし。その、小堀さんが中心になるんだとして、何人くらい参加してるのか、何処で打ち合わせをするのか、そういうことを心配しとるんです」

「それは子供会の親が決めますの」

「決めるって、どうやって」

「ですから、何処のご老人がどれだけ参加されるのか、それが決まってからダイヤを組むんです。何時に何処を回るか。ほらお宅からも行き易い道でないと。あんまり遠回りや複雑な道筋は、ねえ。アレでしょうから。オジイサンオバアサンに」

――い、だというのに。

「はあ。じゃあ座して待てと。しかし、いくら年寄りでも予定くらいはあるのじゃないですかなあ。病院やら何やらあるし。勝手に決められるもんですか」

そんなの何とでもなりますわと菊田さんは断言した。

「オジイサンオバアサンですから」

――いや、だから。

発音が違うよ。

まあ、いいけれど。

それにそんなもんじゃないだろうよ。それもまあ、いいのだけれど。

年寄りにだってライフスタイルはあるし、スケジュールだってある。リズムだかテンポだかもある。付き合いもあれば好き嫌いもある。都合もあるし体調だってある。

まあ、いいけども。

この人に言っても始まらないだろう。

人間関係が面倒臭いのは、幼児だって年寄りだって同じことなのである。保育園児同士のごたごたは、会社の中でのごたごたと変わらない。ならば老人会のごたごただとて——。

そうだ、コロッケ屋だ。コロッケ屋が言っていたのだ。

そこで思い出した。

あれは、権藤だったか。

そうそう、権藤精肉店の親爺だ。あれが、いつだったか公園のベンチで、その、携帯電話を弄《いじ》り乍《なが》ら、老人会も厄介なものだと言っていたのだ。

スッキリした。

じゃあこの紙に名前と住所と書いてくださいな——と菊田さんは言った。参加者リストのようなものだろう。

七人の名が連なっていた。一番上がその小堀氏。三人目が菊田さん本人だ。五番目に権藤の名もある。あの蟹のような顔の爺さんがこんな話を喜んで引き受けるだろうか。いや、コロッケ屋は慥《たし》か孫が中学生だとか言っていたと思うから、某《なにが》か思うところがあったのか。それとも面倒ごとを避けたのか。

実際、面倒なのはそのボランティア行動自体ではなくて、このオバサンと小堀とかいう爺なのだと思わないでもないけれど。それにしたって。

——何だよ。

みなさんに声をかけているとか言っていたけれど、自分らを除けば、たったの五人ぽっちじゃないか。全部老人会なのだろう。喜んで引き受けたというのは、その小堀氏の息がかかった腰巾着ばかりだからではないのか。そうでないなら権藤コロッケのように面倒ごとを避けようという気持ちからのことだろう。

徳一は渡されたボールペンで署名をした。

細かいことが決まりましたらまた来ますわと言って、菊田さんは破顔して帰った。

嵐が去ったような感じだ。

その、見回りは別にいいんだけれど、あの人に度々《たびたび》来られるのは厭だ。

もう来ないでくれよと、徳一は草臥《くたび》れたドアに向け、心の中で呟《つぶや》いた。

あの人と話をすると十歳くらい老ける気がする。ただでさえ老人なのだから、これ以上老けては敵《かな》わない。

それに、煩《うるさ》い。がちゃがちゃ喧《やかま》しいし、どたばた速い。まるで台風のように引っ掻き回して帰るから、滞在中に何があったのか整理するのに時間がかかる。

徳一の日常は、もっとゆっくりと流れているのだ。

——生きる速さが違うのかなあ。

あのオバサンは、どんな感覚で生きているのだろう。

徳一よりも一日が長いのか。

それとも短いのかなあ。

そこで徳一は、自分がまるで呆けたかのようにドアの真ん前に突っ立っていることに今更乍《なが》らに気づいたのだった。時間の感覚が麻痺《まひ》してしまっているから、いったいどれだけの間突っ立っていたものか。いやはや、それ程までに恐ろしい影響を及ぼすのだ、菊田というご婦人は。

ほんとうに台風のようだ。

徳一は取《と》り敢《あ》えず台所の椅子に腰かけて、それから時計を見た。

二時二十三分だった。

菊田さんが戸を叩いたのは二時前だったと思う。

三十分もいたのか。

それとも実際の滞在時間は十分くらいで、二十分は呆けていたのかもしれない。それなら尚のこと恐ろしい話である。

——監視なあ。

要はそういうことだろう。

昔は夜回りなどというものがいたが、今は昼回りが必要だということなのだろう。

いや、夜回りというか、これは火の用心と同じではないか。

慥《たし》かに不審火や火の不始末はまめに回っていれば見つけられるし、火の用心火の用心と声に出せば耳にした者は気をつけもするだろう。

しかし、火と違って、相手は子供である。

水をかければ消えるというものではない。人間だ。

子供と雖《いえど》も話せば通じるだろう。ならば話すのが人の道ではあるまいか。

学校をサボっている者がいたらいかんことだと教え、態度の善からぬ者には改めるように説き、煙草などふかしている不埒者《ふらちもの》にはけしからんと叱る。

嫌われたって言うべきことは言う。

それが年寄りの役目ではないのか。そんな、うろうろ徘徊して顔を見せるだけというのはどうなんだろう。気味悪がられるだけではないのか。その場合、子供と年寄りの関係というのはいったいどうなるのだろう。いづらくなってその場を離れ、行く先々に年寄りが待ち構えていて、何処にも行き場がなくなれば——。

——まあ、悪さはせんようになるのだろうが。

老人は魔除けの鬼瓦か何かか。立ち小便避《よ》けの鳥居の落書きか。それとも警備会社の契約シールか。

いや、徳一のイメージでは、それは何とかいう映画に出て来る化け物の一種に近いものである。何といったか忘れたが。

生ける死人、という奴である。

その昔、一度だけ映画館で観た。徳一の好まないグロテスクで汚らしい映画だったが、何故だか最後まで観てしまって、それで少しだけ悲しくなった。

のろのろと歩き回る死人が、何だかやけに心に滲みた。

それを観た時、徳一はまだ老人と呼ばれる年齢ではなかったけれど、自分もやがてはああなるのかなと、そんな風に思ってしまったのである。

——あれは。

何という映画だったかな。

町中の年寄りがみんな外に迷い出たならば、あの映画のようになるのじゃないか。だって、具体的な目的がないただの巡回なのだから。何かと行き遭いさえしなければ、それはもう徘徊だ。自由意志で歩けないのだから散歩でもない。子供達はその老人達を目にして逃げ惑うのである。

そんなのはどうなんだろうなあ。

承知して署名までしてしまったものの、今更乍《なが》らに何となく納得できないような気になった。でも、今更やめたなどと言うと何を言われるか判らない。その、小堀さんとかいう人に嫌われると、老人会にも入れないのだ。

——小宮山青果店のように。

まあ入りたくもないけれど。

権藤コロッケの言うことは本当だったのだなあと徳一は改めて思った。

面倒臭いものだ。

その点、徳一は気楽だ。

たった一人で、社会の隅で、ひっそりと生きている。

好かれてもいないけれども嫌われてもいない。贅沢をしたいと思わなければ取り敢えずは満ち足りている。まあ、喰って寝ていられれば取り敢えずは平気だ。

幸福だ。いや。

——そうだ。

そういえば、何をしていたんだろう自分は。

何だかまた自己完結してしまっている。

台風オバサンに掻き回されてぐちゃぐちゃになった精神が、ようやっと平静になったというだけだろうに。幸せを嚙み締めてどうするか。

で。

その台風が来襲する前に自分が何をしていたのだったか、徳一はすっかり忘れてしまっているのだ。

徳一は立ち上がり、台所に立った。

洗い物は――。

済んでいる。

さっき洗った。昼食後、茶を飲んでから洗う習慣なのだ。もうずっと、何年も何年も洗っているのだ。だから昨日の洗い物の記憶と今日の洗い物の記憶との区別がないのだ。それでまだ洗っていないかと思ってしまった訳だが――。

片付いている。

――ええと。

洗濯は。

――いや、洗濯は午前中だよ。

もう二時過ぎだと今さっき確認したばかりではないか。

徳一は溜め息を吐《つ》いた。

ペースが乱れると何もかもいけなくなる。生きることに対する欲求が希薄なのである。だから生の流れが脆弱《ぜいじゃく》なのだ。簡単に言えば、色々どうでもいいのである。だからこういうことになる。

ふ、と窓の外を観た。

公園――。

――公園でも行ってみようか。

孫もいない子もいない。慥《たし》かにそうだ。独身なのだから仕方がない。伴侶《はんりょ》がいない。家庭がない。男なのだから子も産めない。産みの苦しみも子育ての苦労も、何も知らない。

知らないけれども、無関心な訳ではない。興味がない訳でもない。

子供が嫌いな訳じゃない。

接し方は判らないのだが。

何だか半人前のような扱われ方だった。

それでいて老人の代表みたいな言われ方もした。

齢《とし》喰っただけの役立たずか、徳一は。

養うべき家族を持つこともせず、地域社会への参加意識も低く、世の中の役にもまるで立っておらず、教育問題にも興味を持たず、ただ暇を持て余しているだけの木偶《でく》の坊なのか。

だんだん肚《はら》が立ってきた。

――スケジュールは勝手に決めるだと。

ダイヤとか言っていたが。

年寄りは電車じゃない。独居老人にだって都合ぐらいある。

徳一にだってある。

起床時間も就寝時間も同じだ。飯を炊いたり新聞を読んだり洗い物をしたり、それはもうきっちり習慣になっているのだ。規則正しく生きているのだ。水曜日なんかはみよし屋に買い出しに行くと、もう先《せん》から決めているのだ。そうでない日だって自由にしていいだろうよ。

話し合って決めさせてくれるのなら、決定にはいくらでも従うが、何で自分のスケジュールを子供会の父ちゃん母ちゃん連中なんぞに決められねばならんのか。

——偉いのか。

子供を育てているから。

徳一なんかより偉いのだろう。

きっと。

萎《な》えた。

もう何もかもどうでも良くなってしまって、徳一は窓から公園でも眺めようと茶の間に進み、敷居を跨《また》いだところで茶の間がえらいことになっているのに気づいた。

——ああ。

そうだ。整理をしていたのだ。

テレビを買い替えると決めたので、徳一は古いテレビの付属物や何かを押し入れから引っ張り出して処分しようとしていたのである。

何だか知らないがリモコンの他にも妙なケーブルだの説明書だの保証書だの小冊子だのが付録で付いていて、それを纏めて何処かに仕舞っていたのを突然思い出した訳である。

——そうだったか。

この作業の途中に訪れたのだ。台風が。

「いやいやいや」

独り言を発してしまった。

押し入れが開いており、行李《こうり》が引き出されていて、その中から雑多なものが溢れている。テレビさえ斜めにずらされている。何かを確認しようとしたのだろう。

畳の上には見覚えのない黒い線がにょろにょろとのたくっている。付属のケーブルだ。

——違うな。

これはラジカセの付属物ではないか。

そんな気がして、それで徳一はテレビの裏側を見ようと台ごと前にずらしたのである。プラグの形を観れば判るように思ったのだ。

そこに来たのだ。台風が。

「いやいやいやいや」

参ったなあ、と徳一は心中で呟いた。

こういう作業は思い切りが肝要《かんよう》である。出鼻《でばな》を挫《くじ》かれたり腰を折られたりすると、もう止まってしまう。集中力が途切れてしまうのだ。

「ええと」

どの動作の途中だったかを思い出す。

慥《たし》か、しゃがんでいた。

そうそう、このケーブルの先を持ってテレビの裏側のプラグと比べようとしていたのだ。

同じだった。

するとこれはテレビの付属物なのか。

いや、規格が一緒なのではないか。

徳一はそのまま中腰で移動して、台の上に置いてあるラジカセのプラグを確認してみた。

何処に付いているのか判らない。

裏側だろうと思ったら、意外にも前面の下側だった。

——ほら。

同じだ。同じ規格なのである。

徳一はテレビの付属物だけは、間違いなく他の書類なんかと一緒にして纏め、何かに入れて収納したのだ。

——すると。

その何かは他にある、ということである。

何に入れたのだろうか。何しろかなり昔のことだから本当にすっかり記憶がない。

何といってもこのテレビは先代の田中電気が設置したものなのである。つるっ禿《ば》げの親爺はそこの台の前で、まるで布袋《ほてい》さんのようにニコニコ笑っていた。

——そういうことは覚えているなあ。

行李の中を覗いてみた。

どうでもいいようなものが入れてある。この際全部捨てようかとも思う。要らない。でも捨てたところでどうなるものでもない。収納スペースが足りない訳ではないのだ。

物は増えない。

年寄りはそんなに溜め込まない。消費量も少ない。想い出の搾《しぼ》りカスのようなものが僅かに残っているだけだ。

それを捨ててまで行李に入れるようなものはない。

新陳代謝が鈍いのだ。

――新しい想い出が生まれないのだなあ。

年寄りだから。

何だか、また肚が立ってきた。どうも蒸し返す不愉快さなのである。あの菊田という婦人の態度は。何処となく、留守番電話に録音されていてどうしても消せない墓石のセールス電話への肚立ちに似ている。

――一方的なのだな。

押しつけがましいというか、人の話を聞かないというか、いずれにしてもコミュニケーションが成立していないのだ。

しかも速いのだ。

ついていけない。

徳一はケーブルを持ったまま、畳の上に胡座《あぐら》をかいた。

ラジカセが視野に入る。横に、捨てようと思っていた石川さゆりのカセットテープが置いてある。喉頭癌《こうとうがん》で死んだ桜井がくれたテープだ。聴かないから何度か捨てようと試みたのだが、どうしても捨てられない。いや、気持ちの問題ではない。ルールの問題である。

燃えるゴミなのか燃えないゴミなのか判らないのだ。

――いや待て。

当然燃えないゴミだと信じて疑わなかった徳一の積年の常識を瞬く間に覆《くつがえ》し、それは燃えるんだと言ってのけたのも——。

菊田さんではなかったか。

そうだったそうだった。まったく迷惑な人だ。親切なのかもしれないし、教育的指導のつもりだったのかもしれないのだが、知らされていなければ今頃石川さゆりはここにない。

本当に墓石のセールスのようだ。

と。

電話の方に目を遣ったその時。

電話が鳴った。

徳一はオウと声に出してしまった。

まるで鳴るのを予知して視線を向けたかのようなタイミングである。こんなこともあるのだ。そもそもこの電話は、あまり鳴らない。独居老人に用がある者などそうそういないのである。

どうせ墓石か公苑墓地のセールスだろうと高を括り、のんびりと立ち上がって受話器をとると、田中電気だった。

ああどうも徳一さんいますね、などと小僧は言った。

「いるよ。いつだっているさ。天下に無用の独居老人だからね。それより何だい。テレビの月賦《げっぷ》が組めないとかいう話かね」

違いますよと電気屋は言った。

それから、ちょっとこれから伺っていいですかと続けた。

「は？　これから？　何だ、じでじ、いや地デジがもう入荷したというのかい。来週とか言ってなかったかね。いや、まだ片付けが」

そうじゃないんですと電気屋は言った。

「そうじゃないって」

何だと言うと、商売の話じゃなくてですね、と言う。

「商売の話じゃないのなら、何の話だい。景気の話か政治の話か、ボランティアで見回りしろとかいう話はご免だよ」

真っ平だ。

田中電気は一瞬黙り、伺っちゃまずいですかと言った。

「今かい？」

いや、今はその。

「散らかってるからなあ」

困るよと言うと、玄関先で構いません――というか。

「もう玄関先なんですよ」

と言う声が背後から聞こえた。同じ言葉は受話器からも聞こえている。何ごとが起きたのかと思ったら、途端にドアがノックされた。

振り返るとドアが薄めに開いていて、そこから怪しい人影が覗いている。

「おい、電気屋さん。誰か来たからな、かけ直してくれ」

徳一はそう言って電話を切り、立ち上がって玄関に向かった。

「どちらさま？」

「いや、ですから」

「あっ」

田中電気、と徳一は大きな声をあげた。

「すいません徳一さん」

「すいませんって――」

徳一はケーブルを握り締めた。

「いきなりで」

「い、いきなりって、ああ、携帯電話かッ」

こういう使い方があるのか。

まずかったですかと電気屋は頭を掻いた。

「まずかったって、君は別に、いつも電話などせんで来るじゃあないか。電話の時は電話だけだろう。電話し乍《なが》ら来るというのは、理解できない不可解な行動だよ。訪問できない、或《ある》いは訪問するまでもないような用件の時に、電話というのは使うものなんじゃないのか？」

「おっしゃる通りです」

「まったくもう。どいつもこいつも」

今日はこんなのばかりである。

「いや、電話で確認してからお邪魔しようと思ったんですけどもね、ほら、アポイントメントというやつです」

「確認の間もなく君は戸を開けているんだから、意味がないでしょうに」

「はあ。まあ、その」

歯切れが悪い。

そんなだから商売も左前になるし嫁も来ないのだ。

「何の用なんだね？　僕は、その」

忙しい訳がないのだ。

そもそも田中電気は昨日も一昨日《おととい》も来たし、一昨昨日《さきおととい》も会ったのだ、たぶん。たぶんそれで合っている。連日会っているからそれぞれの記憶が雑じっている。

「電話で済むことじゃないのか？」

「いや、済むんですけども」

「じゃあ何で来たんだね」

「ご迷惑でしたかね」

「そりゃあ」

迷惑ということもないけれど。

「ちょ、ちょっと大掃除のようなことをしていて、部屋が散《ち》れているんだよ。足の踏み場もない。ほら、その、テレビを買い替えることにした訳だから、それを契機にだね、要らないものを——」

いや。

要らないものしかないよ。

というより、自分が要らないもののようだよ。

「手伝いますよ」

田中電気はそう言った。

「いや、いやいや、手伝って貰うまでもないんだ。見りゃ判るが、ゴミばかりだからなあ。何たって」

役に立たない暇な老人の独り住まいだ。

「それより、用があるなら早く言いなさい。テレビのことじゃあないのだろう。それとも何だ、その携帯電話を売りつけるためのデモンストレーションかな」

商売の話じゃないんですと田中電気は繰り返した。

「個人的なご相談で」

「個人的？」

公人でもあるまいに。普通大抵相談なんてものは個人的なものに決まっているだろうに。

「ボランティアはやらないよ。やる時は自分で決めて自分で考えてやる。地域社会の健全な発達のためにな」

「は？」

何でもないよと言って、徳一は手にしたケーブルを体の後ろに隠した。何だか恥ずかしくなったのである。

「何かあったんですか？」

「いや。まあ、その、町中に老人が彷徨《さまよ》い出すような、そして子供達が逃げ惑うような、そういうのはどうかという話だ。何でもないよ。何でもない」

どうもいけない。ペースが乱れっぱなしである。

菊田女史恐るべしだ。

「何ですその、ゾンビみたいなお話は」

――そ。

それだ。ゾンビだゾンビ。

「そ、それ、映画だなあ。映画だよな、ゾンビ」

「まあ色々ありますけどもね。映画ですよ。タイトルがずばりゾンビってのはないかな。ああ、邦題がゾンビというのはありましたかね。あれはロメロの、二作目の」

「いいんだ。細かいことは」

すっとした。あんなに適当な説明でその名が出て来るのだから、徳一の印象もそう外れたものではなかったということだ。

「で、何だい」

「いや、その」

何故黙るんだろう。話しにくいことなのか。

そのうち田中電気は下を向いて、しかも口を尖らせ頬を紅潮させ始めた。この様子は尋常ではない。具合でも悪いのだろうか。

「な、何だい」

「じ、じ、じぶんは」

「は?」

結婚しようと思うんですよと田中電気は言った。

「あ？」

「けけけ、結婚をですね」

「そりゃおめでとう」

徳一がそう言うと、電気屋は気が抜けたような顔をした。

「はあ。ありがとうございます」

「で？」

まさか、それだけを告げに来た訳でもあるまい。

「いや、ですから」

「それだけか？　ま、僕はこの齢になっても独身で、結婚をしたことも子供を育てた経験もない。僕にできなかった経験をこれから君はする訳だ。立派なものだよ。感心するよ」

「はあ」

「で？」

何だというのだろう。自慢でもしたいのか。

「いやあ、その」

「何かね」

「ですから、結婚するに当たってですね。徳一さんにですね、何と言いますか、お願いがありまして」

「解らないなあ。何を期待しているのかね」

「はあ。結婚する相手はですね、久米山小で先生をしてる人でしてですね、二十八です。名前はですね」

「いや待ちなさい」

惚気《のろけ》られても困る。

徳一は晩飯の時間までにテレビの付属品を捜し出して処分するという大仕事を成し遂げなければならないのである。テレビを購入してやったオマケがお惚気話というのは、どうにも間尺《ましゃく》に合わないし、そのオマケのお蔭でテレビ受け入れの用意が滞ってしまうとすれば、これはもう本末転倒である。

「君が選んだんだから、どんな相手だって君の眼鏡に適《かな》ってるんだろう。結婚に同意してくれたなら相手も同じなんだろう。なら赤の他人が言うことは何もないよ。だからあれこれ聞くこともないと思うよ。君の裁量で、思う存分結婚したまえ」

妙な言い分だとも思うが、まあそれしか言うことはない。

「いや、ですから、お願いしたいのです」

「何をだね」

「か、彼女に一度会ってください」

「ああ？」

「け、結婚式にもで、出てくださいッ」

「おい君。繁君。君は何処か配線が切れたかしたのじゃないかね？　どうして僕が君の配偶者になる人と会わなくちゃいけないんだね？　それに、結婚式は行くさ。他ならぬ馴染《なじ》みの電気屋さんだからね。招待状をくれたまえよ。お祝い事だ。万障《ばんしょう》繰り合《あ》わせても馳せ参じようじゃないか」

繰り合わせる万障など何一つないだろうが。

あったとしても、ゾンビのボランティアである。

「しょ、招待状は出しません」

「え？」

「そ、その、お——や、やって欲しいんです」

「ああ？　何を？　もしや仲人《なこうど》かい？　だが、そりゃあ無理な相談だなあ。まあ世間知らずの君のことだから仕方がないが、君は何か勘違いをしているぞ。仲人というのは、ご夫婦でやるものだ。僕は独り身だからできないよ。笑われるよ。常識を疑われるよ、独身者に仲人を頼んだりしたら。僕だからいいが、他の人なら怒られているところだぞ」

「いえ、その、仲人は商店会の会長さんにお願いしました」

「それは――」

いや、小堀さんじゃないだろう。小堀さんが商店会の会長だったのは昔の話だ。小宮山青果店と揉めた頃だ。いまは老人会で権藤コロッケと揉めているのだ。いや、揉めてはいないのか。

どっちにしても小堀さんは関係ない。

「じゃあ何だよ」

「ですから」

「はっきりしないなあ」

「あの」

「本当に大丈夫かね？　まあ今年は気候が怪しいから頭のネジも緩むんだろうが、それでもしっかりしなくちゃ。これからは一家の大黒柱として、しっかりと奥さんをだな」

「親代わりになって欲しいんです」

「いや、だから、奥さんを養って――」

――え？

「養ってだな」

──いま何と言った？

「し、繁君」

「じ、自分は親父もいないし、母親もいないし、天涯孤独とは言いませんが、大伯母だとか従兄弟《いとこ》だの再従兄弟《はとこ》だのという親戚ばかりで、近い係累《けいるい》はいないんです。なので、と、徳一さん、僕の親代わりになってくださいませんか。自分は、親父が死んだ後、その、徳一さんを実の親のような──いや、その、変な言い方ですけど、そういうですね、あのその」

「お、親って君」

親なんかやったことがないよ。

というか、こんな役に立たない独居老人がそんなことをしていいものだろうか。

子供を育て上げたこともない。

夫婦生活を送ったこともない。

結婚すらしていない。そんな半端者が。

「お、親代わりって」

「い、厭ですか」

「い、厭じゃ」

ないけども。

「ぼ、僕はね、繁君。親になったことがないんだよ。だから親の気持ちというのが解らないと思うよ。子供を嫁にやったことも婿に出したこともないんだ。それに、先《ま》ず以《もっ》て」

徳一は斜めに引き出されたテレビを見た。

「せ、先代に申し訳が立たないよ。先代――君の親父さんが知ったら何というか。いいや、きっと許さないだろうさ。大体、僕は田中電気で電球しか買わない、どうでもいい客なんだよ」

「徳一さんはお得意様です」

「でも」

「死んだ親父も、徳一さんを立派な人だと慕ってましたよ。親父はきっと、徳一さんみたいな生き方に憧れていたんでしょうね」

己の人生をどれだけ具《つぶさ》に眺めてみても、他人から憧れられるような要素は何一つ見出すことができない。台風オバサンの絨《じゅう》毯《たん》爆撃を受けた後だから余計にそう思えてしまうのだろう。徳一は、のろのろと徘徊して子等に厭がられる以外に、何の役にも立たないゾンビのような老人である。

「淡々としてるというか、飄々としてるというか、それで芯が一本通ってる。褒めてましたよ親父。自分も同じ気持ちです。その親父が怒る訳ないじゃないですか」

「だ、だが」

「自分を子供の頃から見ててくれた人は、もう徳一さんだけなんですよ。今も、こうやってお付き合いしてくれてます。他に親代わりを頼める人はいないんですよ」

「僕がなあ。しかし親という齢でもないがなあ」

七十二歳と六箇月である。

まともに結婚して子供を儲けていれば、もう孫がいる年齢なのだろう。

「爺さんだから」

「じゃあ、オジいサンでもいいです」

田中電気は頭を下げた。

――そ。

その発音だよ田中電気。それが正しい発音だ。

「駄目ですか、オジいサンじゃ」

「いや。いいよ。引き受けよう」

はあっと息を抜いて、田中電気はふにゃふにゃになった。

「彼女に結婚を申し込んだ時より緊張しましたよ」

何を言ってるんだか。

莫迦《ばか》だなあ。まったく莫迦だ。

「ただね、引き受けるには条件がある」

「何です？」

「あの石川さゆりのカセットテープを処分してくれないかな」

「処分ですか？　いいんですか？　想い出の品とかじゃ」

桜井の形見だ。でも、いいのだ。

「いや、心に残ればいいのさ。黴《か》びているしね。さゆり嬢には申し訳ないが、僕は音楽を聴かないのだよ。それにほら、歌は心と言うだろう」

我乍《なが》ら上手いことを言ったと思う。田中電気は不思議そうな顔をした。まさか捨て方が判らずに難渋していたとは思うまい。

そこは伏せておこう。

「それだけで——いいんですか？」

いや。まだある。この際だ、甘えてしまおう。

「それからだね、申し訳ないが繁君。そこの、留守番電話に入ったままの墓石屋の声を消してくれと、徳一は言った。

諒解《りょうかい》ですオジいサンと——。

田中電気ははりきってそう言った。

また——。

オジいサンと呼ばれたよ。

オジいサン　了

解説

宮部みゆき

二〇一一年三月十日。

本書の単行本の奥付には、この日付があります。親の代から東京の下町に生まれ育った私には、それは亡父が生き残った東京大空襲の日付です。一九四五年三月十日。

それから六十六年後の三月十日、うちの近くにある空襲犠牲者を慰霊するお地蔵様のお堂には、供花が溢《あふ》れていました。私もお参りに行きました。当時は父もまだ健在で、一緒に夕食をとったとき、また空襲の記憶を話し出しました。前日の九日に珍しい小豆の配給があったので、家族で小豆ご飯を食べたこと。火災旋風で、畳が縦になって（立った状態で）燃えながら飛んできたこと。空襲の一夜が明けると、深川《ふかがわ》の町を東西に横切って流れる小名木《おなぎ》川に、多くの犠牲者の遺体が積み重なっていたこと。

私にとっては子供のころから「耳たこ」の話でしたが、お父さんもいつまで元気で語れるかわからないし、オーラルヒストリーとして貴重だ——なんて思いつつ、耳を傾けました。

その翌日、三月十一日の午後二時四十六分、東日本大震災が発生しました。東日本の太平洋岸を襲う津波の映像に、テレビの前で、私たちは声を呑《の》むことしかできませんでした。日が暮れると、停電で闇に沈む三陸地方に、津波が引き起こした大火災の炎だけが赤々として、それを見つめて父はまたこう言いました。あの空襲のときと同じだ、と。

文庫の解説を、こんな私事《わたくしごと》から始めてしまって恐縮なのですが、それは、私にとって、本書があの震災当時の記憶と分かちがたく繋《つな》がっているからなのです。

私が住んでいたあたりでは大きなインフラの被害はなく、液状化現象も起こらなかったのですが、頻繁な余震と相次ぐ緊急地震速報に、恐ろしいものに追い立てられているかのような心地でした。どうにか余震が落ち着いてきたかと思ったら福島第一原子力発電所の事故が発生、飛び交う様々な情報に、さらに追い詰められてゆくようでした。

本当に恐ろしい事態になっている被災地に比べたら、東京なんて呑気《のんき》なものだ。びくびくしていたら恥ずかしい。自分にそう言い聞かせてはいましたが、夜になり、まわりが静かになると、思い出したように鳴り響く緊急地震速報にまた飛び上がり、眠ることができませんでした。

それで、私は本書を読みました。

うちでいちばん頑丈な家具は、地元の家具屋さんに注文して作ってもらった私の仕事机です。小さめのシングルベッドぐらいのサイズがあるので、その下にマットレスと布団を敷き、スタンドと懐中電灯を枕元に置いて、毛布をかぶる。これなら、大きな余震が来ても安心でした。当時うちにいた年寄り猫も、毎晩毛布の上に丸くなりに来ました。

外の世界は、明日どうなるかもわからない状態でした。福島の原発が一基でも爆発したら、東京の東側には人が住めなくなるという噂も流れていました。私は年老いた両親をどこかへ避難させてあげられるあてもなく、自分一人の身さえ持て余して、不安でたまりませんでした。

でも、机の下に入って、老猫と身体を温め合いながら本書を読んでいると、そんな現実が遠のきました。何も変わらないけれど、ひととき、遠のきました。私は慰められました。慰められて、翌朝また起き、現実に目を向ける気力を養うこともできました。

これがフィクションの力なんだ。

心の底からそう思ったのを、今でも忘れることができません。

まだ就学前かもしれない小さな男の子に、

——オジいサン。

と呼びかけられ、公園のベンチに忘れ物をしていることを教えてもらった主人公・益子《ましこ》徳一《とくいち》さん。本書は、この徳一さんが慎《つつ》ましく生活している様を、淡々と、ただ淡々と綴《つづ》った小説です。

徳一さんは七十二歳で、定年退職後の一人暮らし（独居老人という言葉は一発で意味がわかって便利ですが、何となく失礼な気がするのは私だけでしょうか）。全編、徳一さん視点で語られるお話なので、必然的に大半がモノローグです。読み進むうちに、私たち読者には徳一さんの声が聞こえてきますが、作中で徳一さんが声を出して誰かと会話するシーンはとても少ない。あらゆる意味で物静かな小説なのです。

本書のいちばんユニークな点は、短編連作的にまとめられ、並べられている七つのエピソードが、言葉の真の意味で「時系列」であること。それも分刻みなんですよ。「ストーリーの都合による時間のジャンプ」という技法が、（徳一さんが就寝し、それによって日付が変わるところだけは別として）徹底的に排除されている。

ですから私たち読者は、徳一さんが起き抜けに布団の上でぼんやり考え事したり、スーパーに買い物に行ったり、買ってきたソーセージをどうやって食べようかと思案したりするその一挙手一投足を、ずうっと見守ることになります。

これが面白い。

単行本初読のとき、最初のうちは、

「心静かに読める老境小説なんだろう」

と思っていました。だからこそ、余震が怖くて机の下で読むために選んだわけです。ところが、蓋《ふた》を開けてみたら大違い。私は何度もふき出してしまいました。その後もしばしば読み返していますので、耐性がついてきて、さすがに大笑いはしなくなりましたが、やっぱり好きなシーンではニヤニヤしてしまいます。

なぜか面白い。

徳一さんだけじゃなく、田中《たなか》電気の二代目とか、肉屋の権藤《ごんどう》さんとか、徳一さんの同級生たち（物故者もいます）とか、笹山《ささやま》眼鏡とか、石川《いしかわ》さゆりのカセットテープとか、消し方がわからない留守番電話とか、「地デジ」とか、若者が出入り口にたむろしているコンビニとか。

すごく面白い。

二〇一一年の三月、現実の不安から逃れて本書に慰められながら、でも私はいっそう強く現実のことを思っていました。

この小説に描かれているような日常が続くのが、どれほど尊いことかと思っていました。

その思いは、今現在、仕事机の下ではなく、仕事机の上に本書を置いてページをめくっても、いっそう強く胸にこみあげてきます。

京極夏彦さんのお仕事のなかでは、もっとも「やわらかく、優しい」タイプの作品であるこの益子徳一さんの日常記。私はずっと続編を待望しているのですが、なかなかかないません。解説者の特権で、ここでもう一度訴えさせてもらいます。続きが読みたい。アイデアだけちらりと伺った限りでは、続編では徳一さんが動物園に行くとか。ぜひとも読みたい！　お願いいたします。

このお話のなかの徳一さんは、仮に十冊以上シリーズが続いたとしても、七十二歳のままでしょう。私は徳一さんのモノローグと考え事を読み続け、やがて徳一さんの歳に追いついて、追い越していきたい。そして公園のベンチに忘れ物をして、どこかの可愛らしいお子さんに、

――オバあサン。

と声をかけられるようになりたいと思うのです。

本書は、二〇一五年二月に中央公論新社より刊行された
文庫を加筆修正の上、再文庫化したものです。

口絵造形製作／岡本道康
口絵・目次・扉デザイン／坂野公一（welle design）

文庫版《ぶんこばん》

オジいサン

京極夏彦《きょうごくなつひこ》

令和元年 12月25日　初版発行

発行者●郡司 聡

発行●株式会社KADOKAWA
〒102-8177　東京都千代田区富士見2-13-3
電話　0570-002-301（ナビダイヤル）

角川文庫 21946

印刷所●旭印刷株式会社
製本所●株式会社ビルディング・ブックセンター

表紙画●和田三造

●お問い合わせ
https://www.kadokawa.co.jp/（「お問い合わせ」へお進みください）
※内容によっては、お答えできない場合があります。
※サポートは日本国内のみとさせていただきます。
※Japanese text only

ISBN 978-4-04-108444-1　C0193

◇◇◇

角川文庫発刊に際して

角川源義

第二次世界大戦の敗北は、軍事力の敗北であった以上に、私たちの若い文化力の敗退であった。私たちの文化が戦争に対して如何に無力であり、単なるあだ花に過ぎなかったかを、私たちは身を以て体験し痛感した。西洋近代文化の摂取にとって、明治以後八十年の歳月は決して短かすぎたとは言えない。にもかかわらず、近代文化の伝統を確立し、自由な批判と柔軟な良識に富む文化層として自らを形成することに私たちは失敗して来た。そしてこれは、各層への文化の普及滲透を任務とする出版人の責任でもあった。

一九四五年以来、私たちは再び振出しに戻り、第一歩から踏み出すことを余儀なくされた。これは大きな不幸ではあるが、反面、これまでの混沌・未熟・歪曲の中にあった我が国の文化に秩序と確たる基礎を齎らすためには絶好の機会でもある。角川書店は、このような祖国の文化的危機にあたり、微力をも顧みず再建の礎石たるべき抱負と決意とをもって出発したが、ここに創立以来の念願を果すべく角川文庫を発刊する。これまで刊行されたあらゆる全集叢書文庫類の長所と短所とを検討し、古今東西の不朽の典籍を、良心的編集のもとに、廉価に、そして書架にふさわしい美本として、多くのひとびとに提供しようとする。しかし私たちは徒らに百科全書的な知識のジレッタントを作ることを目的とせず、あくまで祖国の文化に秩序と再建への道を示し、この文庫を角川書店の栄ある事業として、今後永久に継続発展せしめ、学芸と教養との殿堂として大成せんことを期したい。多くの読書子の愛情ある忠言と支持とによって、この希望と抱負とを完遂せしめられんことを願う。

一九四九年五月三日

角川文庫ベストセラー

虚実妖怪百物語《うそまこと》　序／破／急　京極夏彦

「目に見えないモノが、ニッポンから消えている！」妖怪専門誌『怪』のアルバイト・榎木津平太郎は、水木しげるの叫びを聞いた。だが逆に日本中で妖怪が目撃され始める。魔人・加藤保憲らしき男も現れ……。

嗤う伊右衛門　京極夏彦

鶴屋南北「東海道四谷怪談」と実録小説「四谷雑談集」を下敷きに、伊右衛門とお岩夫婦の物語を怪しく美しく、新たによみがえらせる。愛憎、美と醜、正気と狂気……全ての境界をゆるがせる著者渾身の傑作怪談。

覘き小平次　京極夏彦

幽霊役者の木幡小平次、女房お塚、そして二人の周りでうごめく者たちの、愛憎、欲望、悲嘆、執着……人間たちの哀しい愛の華が咲き誇る、これぞ文芸の極み。第16回山本周五郎賞受賞作!!

数えずの井戸　京極夏彦

数えるから、足りなくなる――。冷たく暗い井戸の縁で、「菊」は何を見たのか。それは、はかなくも美しい、もうひとつの「皿屋敷」。怪談となった江戸の「事件」を独自の解釈で語り直す、大人気シリーズ！

文庫版　豆腐小僧双六道中ふりだし　京極夏彦

豆腐を載せた盆を持ち、ただ立ちつくすだけの妖怪「豆腐小僧」。豆腐を落としたとき、ただの小僧になるのか、はたまた消えてしまうのか。「消えたくない」という強い思いを胸に旅に出た小僧が出会ったのは!?

角川文庫ベストセラー

文庫版 豆腐小僧双六道中 おやすみ

京極夏彦

妖怪総大将の父に恥じぬ立派なお化けになるため、豆腐小僧は達磨先生と武者修行の旅に出る。芝居者狸《しばいもんだぬき》らによる〈妖怪総狸化計画〉。信玄の隠し金を狙う人間の悪党たち。騒動に巻き込まれた小僧の運命は!?

豆腐小僧その他

京極夏彦

豆腐小僧とは、かつて江戸で大流行した間抜けな妖怪。この小僧が現代に現れての活躍を描いた小説「豆富小僧」と、京極氏によるオリジナル台本「江言 豆腐小僧」「狂言新・死に神」などを収録した貴重な作品集。

文庫版 妖怪の理 妖怪の檻

京極夏彦

知っているようで、何だかよくわからない存在、妖怪。それはいつ、どうやってこの世に現れたのだろう。妖怪について深く愉しく考察し、ついに辿り着いた答えとは。全ての妖怪好きに贈る、画期的妖怪解体新書。

幽談

京極夏彦

本当に怖いものを知るため、とある屋敷を訪れた男は、通された座敷で思案する。真実の〝こわいもの〟を知るという屋敷の老人が、男に示したものとは。「こわいもの」ほか、妖しく美しい、幽き物語を収録。

冥談

京極夏彦

僕は小山内君に頼まれて留守居をすることになった。襖を隔てた隣室に横たわっている、妹の佐弥子さんの死体とともに。「庭のある家」を含む8篇を収録。生と死のあわいをゆく、ほの瞑（ぐら）い旅路。